Rebekah – Niña Detective

Libros 9 - 16

PJ Ryan

Contents

"Rebekah - Niña Detective" es una serie de historias cortas para niños de 9-12 años con el resto de los títulos publicados progresivamente de manera regular. Cada título puede ser leído por sí solo.

Puedes unirte a la divertida página de Facebook de Rebekah para jóvenes detectives aquí:

http://www.facebook.com/RebekahGirlDetective

¡De verdad me encantaría oír de ustedes!

De verdad aprecio sus opiniones y comentarios así que gracias por adelantado por tomar su tiempo para dejar uno para "Rebekah – Niña Detective: Libros 9-16".

Sinceramente,
PJ Ryan

Rebekah – Niña Detective #9

Misterio en el
Campamento de Verano

PJ Ryan

Rebekah - Niña Detective #9

Misterio en el Campamento de Verano

Capítulo 1

Rebekah había estado contando los días hasta que terminara la escuela. No era porque no le gustara la escuela. Sí le gustaba. Era porque tan pronto como los días empezaran a calentarse y volverse más largos, sabía que el verano estaba llegando. Lo que significaba campamento de verano. También significaba que ella podría pasar un tiempo con su primo mayor, RJ.

"No puedo esperar, no puedo esperar", le dijo a Mouse tan pronto como terminó la escuela.

"Yo tampoco", Mouse sonrió. Él iba al mismo campamento de verano que ella. "Me pregunto si tendrán ese delicioso budín de pan de nuevo".

"Ugh", Rebekah negó con la cabeza. "Eso es la único que no me gusta del campamento de verano".

"Bueno, eso está bien, puedes darme el tuyo", Mouse rio.

En la mañana en que iban a salir, Rebekah estaba tan emocionada que apenas podía estar de pie esperando el autobús.

"¡No puedo esperar, no puedo esperar, no puedo esperar!", susurró ella alegremente. Mouse volteó los ojos y suspiró con alivio cuando, por fin,
llegó el autobús. El viaje fue largo, llevándolos del pequeño pueblo de Curtis Bay a los extensos bosques. Cuando se bajaron del autobús, ya había muchos niños en el campamento. Todos estaban charlando en voz
alta y se saludaban después de un año de separación. Rebekah saludó a algunos de los niños que recordaba de un año antes, pero realmente sólo estaba buscando una cara muy familiar. Esa cara no era difícil de encontrar, porque el niño a la que pertenecía estaba posado en una rama en un árbol alto, no muy lejos del grupo.

"¡RJ!" Rebekah gritó con alegría y lo saludó con la mano. Mouse también saludó con entusiasmo y ambos corrieron hacia el chico mayor.

RJ tenía once años, lo que lo convertía en prácticamente un adulto para la mente de Rebekah. Él era su primo, y cada año iban juntos al mismo campamento de verano.

RJ le había enseñado mucho acerca de ser un detective, porque él era un Detective Junior oficial. Había recibido un kit por correo a distancia y todo. El año anterior, le mostró a Rebekah la lupa y el equipo para huellas dactilares que había llegado en el kit. Incluso tenía su propia insignia.

RJ tenía el cabello rojo, al igual que Rebekah, pero él siempre llevaba un sombrero de detective, ¡incluso cuando iba a nadar!

"¡Hola!" RJ sonrió mientras saltaba de la rama del árbol para saludarlos. "He estado esperando por ustedes durante toda la mañana", le dio a su prima un rápido abrazo y le dio una palmadita en la espalda a Mouse. Cuando lo hizo, un pequeño ratón blanco asomó su nariz por encima del bolsillo de Mouse. Movió sus bigotes hacia RJ.

"Ajá, veo que has traído una de sus mascotas", dijo RJ nerviosamente. No era un gran fan de los ratones.

"No te preocupes", dijo Mouse con una sonrisa. "Este es Magallanes. Se supone que es un famoso explorador, pero en realidad", susurró sus siguientes palabras, "¡es un ratón miedoso!"

Mouse tenía razón, porque su pequeña mascota se zambulló de nuevo en el bolsillo en el momento que vio toda la conmoción a su alrededor.

"¿Estás listo para un gran verano?" Rebekah preguntó alegremente mientras que ella, RJ y Mouse se dirigían a sus cabañas.

"Es genial estar de vuelta en el aire fresco", dijo RJ y luego bajó la voz, "y lejos de los peligros de la ciudad".

"¿Peligros?" Mouse preguntó con un chillido.

"Oh, sí", RJ asintió. "He tenido muchos misterios que solucionar este año".

"También hemos estado resolviendo misterios", dijo Rebekah con orgullo y Mouse asintió con la cabeza.

"Siempre debes tener cuidado", advirtió RJ. "Es mejor dejarle el trabajo de detective a los profesionales", le mostró la placa que había colocado en su cinturón.

Rebekah asintió, pero se sentía un poco triste. Sabía que era una buena detective y quería que su primo lo supiera también.

Capítulo 2

Mouse y RJ se alojaban en una cabaña para niños, mientras que Rebekah se alojaba al otro lado de la fogata, en una cabaña para niñas. Ella estaba triste porque tenía que quedarse sola, pero había un par de niñas que conocía del año anterior y también unas agradables nuevas amigas por hacer. Sin embargo, tan pronto como habían asentado sus cosas, RJ y Mouse vinieron corriendo hacia su cabaña.

"¡Va a haber un canta-conmigo!" Mouse dijo felizmente.

RJ volteó los ojos. "Cosa de niños".

Rebekah frunció el ceño. Le encantaba el canta-conmigo. ¿Eso la hacía demasiado niña? A medida que se congregaban en las gradas alrededor de la fogata, todos estaban charlando entre sí. No fue sino hasta que pasaron unos pocos minutos que los campistas comenzaron a dares cuenta de que no había nadie esperando para conducirlos con el canto. De hecho, no había consejeros alrededor en absoluto. Entonces, de repente, en el centro del campamento había una gran ráfaga de humo. ¡Parecía venir de la nada!

"¿Qué fue eso?" Rebekah gritó mientras se levantaba. RJ se levantó a su lado y los dos parecían listos para investigar. Pero cuando el humo se disipó, el sonido de una guitarra llenó sus oídos. Donde no había nadie un momento antes, estaba un hombre vestido con un traje de consejero con una guitarra al hombro. Comenzó a cantar la canción del campo. Todos los niños en las gradas estaban tan conmocionados por la escena que no cantaron. El hombre, que tenía un largo cabello rubio y ojos marrones con una gran sonrisa, siguió cantando como si no le importara que ninguno de los estudiantes cantara con él. Mouse, que estaba mirando con los ojos y la boca muy abiertos, comenzó a aplaudir con fuerza. Pronto, los otros niños empezaron a aplaudir también. Rebekah fue la primera en empezar a cantar; a continuación, los otros niños, a excepción de RJ, por supuesto, se le unieron. Cuando terminó la canción, el consejero se presentó.

"Mi nombre es Louis y soy un nuevo consejero aquí este año. Estaré a cargo del entretenimiento. Vamos a tener un montón de fogatas, e incluso una obra de teatro y un espectáculo de magia".

"¡Un espectáculo de magia!" Mouse chilló y apenas podía evitar saltar de arriba a abajo en las gradas. Mouse era un gran fanático de la magia y tenía la esperanza de llegar a ser un mago un día. "¡Este año va a ser genial!"

RJ suspiró. "Genial, cantar, actuar y magia. ¿Dónde está la diversión en eso?"

"Creo que será divertido", dijo Rebekah firmemente. "Pero apuesto a que no pasaremos por el verano sin tropezar con un misterio o dos".

"Eso espero", RJ sonrió. "Tengo mucho que enseñarte, pequeña prima".

Capítulo 3

Después de que el canta-conmigo había terminado, los tres comenzaron a explorar la zona de acampada. No había mucho nuevo que ver, ya que habían estado asistiendo al campamento por unos cuantos años. Pero Rebekah encontró el nido de pájaro que había visto
el año anterior y tenía nuevos pájaros bebé en él. Mouse encontró la pequeña jaula que había hecho con cordeles y ramas para el ultimo ratón mascota que había traído consigo, justo donde la dejó.

"¿Estás seguro de que no puede salir de allí?" RJ preguntó con suspicacia mientras miraba en la jaula.

"El último no lo hizo", Mouse se encogió de hombros.

RJ levantó la vista de la jaula y se dio cuenta de algo que brillaba en las hojas delante de ellos.

"¿Qué es eso?" se preguntó. Cuando se acercó y movió las hojas, descubrió que se trataba de una púa de guitarra brillante.

"Extraño", Rebekah frunció el ceño. "¿Qué haría una púa de guitarra aquí afuera?"

"Tal vez alguien la dejó caer en una caminata", Mouse sugirió.

"Tal vez", dijo Rebekah de manera pensativa. "Deberíamos llevarla de vuelta al campamento y ver si alguien la perdió".

"Claro", RJ asintió, pero él estaba mirando la púa. Mientras caminaban de regreso al campamento, el sol estaba poniéndose. Era momento de compartir una comida y luego dirigirse de nuevo a sus cabañas para la noche. En la cena, se les dieron hamburguesas y patatas fritas, una celebración de su primera noche en el campamento. Después de la cena, contaron algunas historias de fantasmas alrededor de la fogata.

"Eso no es posible", RJ le murmuró a Rebekah cuando uno de los niños contó una historia acerca de un zombi.

"Tal vez no era realmente un zombi, sino alguien vestido como un zombi", Rebekah señaló.

"Buen pensamiento, pequeña prima", dijo RJ con una sonrisa. "Te vuelves más inteligente cada vez que te veo".

Rebekah volvió a su cabaña con una sonrisa en su rostro. Estaba tan orgullosa del cumplido que su primo le había dado que se olvidó por completo de la púa de guitarra que habían encontrado en el bosque.

Capítulo 4

Temprano a la mañana siguiente, Rebekah oyó unos golpes en la puerta de su cabaña. La mayoría de las otras niñas en su cabaña todavía estaba durmiendo. Caminó adormilada a la puerta y encontró a Mouse de pie en el otro lado.

"Rebekah, ¡algo terrible ha sucedido!" anunció.

"¿Qué es?" Rebekah preguntó con un suspiro.

"¡El Sr. Louis se ha ido!" dijo en un susurro. "¡Ha desaparecido!"

Rebekah salió de la cabaña todavía en pijama y cerró la puerta. Ella miró a Mouse directamente en los ojos.

"¿Qué quieres decir con que desapareció?"

Mouse suspiró y comenzó de nuevo. "Me levanté temprano esta mañana porque quería preguntarle al Sr. Louis si le podía ayudar con su espectáculo de magia, pero cuando llamé a la cabaña del consejero, me dijeron que el Sr. Louis se había ido".

"¿Qué quieres decir con que se había ido?" Rebekah presionó con frustración.

"Bueno", Mouse vaciló. "Ellos dijeron que debe haberse ido a su casa, que no lo habían visto después del canta-conmigo de ayer".

"Oh, Mouse", Rebekah suspiró. "Volver a casa no es exactamente lo mismo que desaparecer, ¿verdad?"

"No", él frunció el ceño, "pero, Rebekah, yo no lo creo. ¿No viste lo emocionado que estaba ayer de organizar todos los espectáculos? ¿Por qué simplemente decidiría irse?"

Rebekah también frunció el ceño, sí parecía extraño. "Bueno, tal vez tuvo una emergencia, ¡o tal vez se dio cuenta de la cantidad de mosquitos que hay en el bosque!" ella golpeó su brazo bruscamente mientras un mosquito hacía un banquete de ella.

"Yo no lo creo", Mouse negó con la cabeza. "Rebekah, sé que por lo general no soy el que encuentra los misterios, pero tengo un presentimiento sobre esto".

"¿Y qué presentimiento sería ese?" RJ preguntó desde justo detrás de ellos. Se había despertado temprano para investigar unos sonidos que había oído fuera de su cabaña la noche anterior.

"El Sr. Louis se ha ido", Mouse explicó rápidamente.

"Tal vez la Bertha lo capturó", dijo otra voz. Era un niño aún mayor que RJ. Iba a soplar la trompeta para despertar a todo el mundo por la mañana, cuando escuchó su conversación.

"¿Quién es Bertha?" preguntó RJ.

"¿Nunca ha oído hablar de Bertha?" el muchacho le preguntó con una sonrisa. "Ella es la osa que vive en estos bosques".

"¿Qué?" Rebekah negó con la cabeza. "Nunca he oído hablar de un oso que viva en estos bosques".

"Oh", el chico bajó la voz. "Eso es porque son solo niños. No quieren asustarlos, pero mi hermano mayor era un consejero aquí y él me dijo todo acerca de Bertha. Ella es una osa gigante y de vez en cuando le da hambre".

Rebekah se estremeció ante la idea. Mouse miró al chico y RJ se tocó la barbilla, pensativo.

"Bueno, si la osa es lo suficientemente grande", se encogió de hombros.

"¡El Sr. Louis no fue comido por una osa!" Mouse dijo y pisoteó contra el suelo. "Este chico está tratando de asustarnos. ¿No es así?" preguntó.

"Bueno", el chico mayor se encogió de hombros. "Supongo que hasta que la veas por ti mismo, ¡nunca me creerás!" con esto, se marchó hacia el micrófono en el que sonaría su corneta.

"¿Creen que podría estar en lo cierto?" Rebekah preguntó en voz baja.

"De ninguna manera", dijo Mouse con severidad.

"Bueno, es el bosque", RJ señaló. "Si esto fuera de la ciudad, no me lo creería, pero hay un montón de animales que viven en el bosque".

"Escuchen, el Sr. Louis se ha ido y tenemos que encontrarlo", dijo Mouse con firmeza, "no me importa si fue un oso o un alienígena, pero tenemos que saber qué pasó".

RJ suspiró profundamente y sacudió la cabeza. "Mouse, los alienígenas no son reales".

Mouse volteó los ojos y se alejó a través de la zona de acampada.

"¡Lo voy a encontrar con o sin su ayuda!" gritó por encima de su hombro.

"¡No te preocupes, Mouse, ayudaremos!" Rebekah gritó después de él. Ella se volteó para mirar a su primo y ver si venía también, pero vio que estaba mirando algo en su mano. Se dio cuenta del brillo. ¡Era la púa de guitarra brillante que habían encontrado en el bosque el día anterior!

"Oh, no", dijo Rebekah en voz baja.

"Oh, no es correcto", RJ estuvo de acuerdo, mientras sostenía la púa de guitarra en el aire.

"Creo que Bertha podría estar implicada después de todo".

"Tal vez solo la dejó caer", señaló Rebekah.

"¿Pero por qué estaría tan dentro del bosque?" preguntó RJ. "Me parece un poco extraño".

"A mí también", Rebekah estuvo de acuerdo. "Vamos... ¡digámosle a Mouse que estamos en el caso!"

Capítulo 5

"¡Mouse, espera!" Rebekah gritó mientras lo perseguía.

"Niños, ¿qué hacen corriendo por el campo?" preguntó una consejera que los vio. "Deberían estar haciendo la fila para el desayuno".

"Pero tenemos que encontrar…" Mouse comenzó a decir.

"Ustedes no tienen que encontrar nada hasta después del desayuno", dijo ella con severidad.

"Hay peligros en el bosque, no pueden solo salir corriendo así.
Ustedes
han estado aquí antes, deberían conocer las reglas".

"Lo siento, Srta. Cindy", dijo Rebekah rápidamente. "Solo pensamos que habíamos visto algo en el bosque".

"Sí", dijo RJ mientras miraba a la consejera. "Y escuché unos ruidos extraños fuera de mi cabaña anoche".

"Probablemente solo eran ardillas", dijo Cindy. "Hay un montón de ardillas por aquí".

"¿No cree que podría haber sido un oso?" RJ preguntó audazmente e inclinó el ala de su sombrero.

"¿Un oso?" la Srta. Cindy se rio y negó con la cabeza. "Creo que ustedes tres han oído demasiadas historias de miedo. Vuelvan a sus cabañas, vístanse y tomen el desayuno en cinco minutos, ¡o nada de nadar por hoy!"

Ella se alejó hacia el comedor.

"¿Ves? Nada de osos", RJ se encogió de hombros y se volvió hacia su cabaña.

"¿No crees que eso es lo que cualquier adulto le diría a un niño?" Rebekah señaló. "Recuerda que ese chico dijo que no querían que los niños pequeños supieran sobre ello".

"Bueno", RJ se encogió de hombros. "Yo no soy un niño pequeño".

Rebekah frunció el ceño mientras corría hacia su cabaña para cambiarse su pijama. Una vez que estaba vestida, se encontró con Mouse y RJ para el desayuno. Mouse se contoneaba en su asiento.

"Date prisa y come, tenemos que averiguar qué pasó con el Sr. Louis".

"¿Y cómo vamos a hacer eso?" Preguntó RJ.

"Tiene que haber una manera de demostrar que está perdido y que no simplemente se fue", dijo Rebekah pensativa.

"Tenemos esto", dijo RJ y colocó la brillante púa de guitarra sobre la mesa.

"Pero ni siquiera estamos seguros si le pertenecía a él", señaló Rebekah. "Los consejeros no van a creernos con solo eso. Tenemos que encontrar alguna prueba".

"Tienes toda la razón, pequeña prima" RJ asintió. "Realmente estás volviéndote buena en este trabajo de detective".

"Gracias", Rebekah sonrió.

Mouse escabulló un poco del queso de su emparedado de huevo al ratón en su bolsillo.

"¿Pero cómo vamos a conseguir la prueba? ¿Qué pruebas podría haber?" Preguntó Mouse.

"Bueno, RJ escuchó ruidos fuera de su cabaña, tal vez era el oso. Si era el oso, debería haber dejado alguna prueba", ella sonrió.

"Oh, asqueroso, no buscaré caca de oso", dijo Mouse duramente.

"No, uh", Rebekah gimió. "¡Quise decir pisadas!"

"Impresiones de patas", RJ corrigió con suficiencia.

"¿Así que está acordado?" Rebekah preguntó esperanzada. "Tan pronto
como nos sea posible, nos libraremos de las actividades y veremos si
podemos encontrar huellas de oso", fulminó con la mirada a RJ.

No era fácil alejarse de los consejeros, ya que el primer día completo
de campamento estaba lleno de actividades. Pero una hora estaba
reservada
para tiempo con la naturaleza y a los campistas se les permitía explorar
el bosque, siempre y cuando lo hicieran en grupos y no fueran más allá
de
cierto punto. Tan pronto como se les permitió entrar en el bosque,
Rebekah, Mouse y RJ se devolvieron y se dirigieron a la cabaña de los
niños. Caminaron detrás de la cabina, buscando a través de la hierba y
las hojas caídas cualquier señal de un oso.

"No veo nada", Rebekah frunció el ceño.

"Yo sí", RJ suspiró mientras señalaba a una familia de ardillas que
corría por un árbol cercano de arriba abajo. "La Srta. Cindy tenía
razón
y eso debe haber sido lo que oí, después de todo".

"Genial," Mouse frunció el ceño. "¿Ahora cómo vamos a encontrar
al Sr. Louis?"

"Tal vez deberíamos volver a donde encontramos la púa de guitarra",
dijo Rebekah. "Si se trata de la suya, tal vez podamos encontrar
algunas pisadas allí".

"¿Pisadas de oso?" Mouse preguntó nerviosamente.

"Tal vez, o quizás las pisadas del Sr. Louis", dijo ella.

25

Capítulo 6

Los tres se movían por el bosque tan rápida y silenciosamente como podían. Estaban más allá de los límites que los consejeros habían fijado y si eran encontrados, se les prohibiría nadar e incluso las actividades de la fogata. Cuando llegaron a la parte del bosque donde habían encontrado la púa de guitarra, RJ levantó las manos.

"Ahora, todo el mundo, congélese. Hasta que sepamos qué pasó con el Sr. Louis, esta es oficialmente una escena del crimen. ¡Podría haber evidencia por todo el lugar!"

Él sacó una lupa que también había llegado en su kit de detective y comenzó a buscar por las hojas en el suelo.

"Buscaré marcas de garras en los árboles", Mouse sugirió.

Rebekah tenía su ojo en algo más. Ella había notado una ramita rota en medio de algunas hojas machacadas. Se agachó junto a ella y la miró
más de cerca. No muy lejos de ahí, vio algo en la tierra.

"¡Mira!" gritó alegremente. "¡Mira lo que encontré!"

Los dos niños corrieron hacia ella para ver lo que había descubierto. Era una huella de zapato.

"Si pertenece al Sr. Louis, entonces no fue atacado por un oso", dijo Mouse con alivio.

"¿Pero qué estaba haciendo solo en el bosque?", preguntó RJ sospechosamente. "No parece algo que normalmente haría un consejero".

"Bueno, ¡descubrámoslo!" Rebekah dijo mientras comenzaba a seguir las huellas. Llevaban un poco más dentro del bosque y luego por un sendero. El sendero estaba muy cubierto de arbustos. Parecía como si nadie hubiera caminado por él en bastante tiempo, a excepción del Sr. Louis.

"¿A dónde iba?" Mouse preguntó con confusión.

"¡Ay!" Rebekah frunció el ceño cuando una espina en uno de los arbustos raspó su brazo. "No parece un agradable paseo por el bosque, eso es seguro".

El sendero terminaba en el borde de un claro. No había más que ver que tierra y unos arbustos. ¡Pero no había más huellas!

"¿Cómo es esto posible?" RJ murmuró para sí mismo mientras inspeccionaba de cerca la tierra con su lupa.

"Él no podría simplemente haber dejado de caminar", susurró Rebekah.

"A menos que", dijo Mouse, vacilante.

"¿A menos que qué?" preguntó RJ mientras que Rebekah y él lo miraban.

"A menos que fuera cargado", dijo Mouse con tristeza. "Por una Bertha".

RJ y Rebekah intercambiaron una expresión de preocupación ante las palabras de Mouse. Por mucho que Rebekah no quisiera creer que un oso se había llevado al Sr. Louis, no podía ver otra explicación.

"Bueno, de alguna manera, dejó de hacer huellas", Rebekah sacudió su cabeza.

"Pero tampoco hay huellas de oso", RJ señaló. "No hay huellas en lo absoluto, excepto las nuestras".

"Bueno, eso es genial", Rebekah dijo de pronto. "¡Eso quiere decir que hemos resuelto nuestro misterio!"

"¿Qué?", dijo RJ con sorpresa.

"¿Cómo lo sabes?" Mouse exigió.

"Queríamos encontrar al Sr. Louis y así lo hicimos", dijo Rebekah con severidad. "Una persona no puede simplemente desaparecer. Así que el Sr. Louis tiene que estar aquí, en alguna parte".

"Tal vez se convirtió en una ardilla", Mouse sugirió con un encogimiento de hombros.

"¿En serio?" preguntó RJ arqueando una ceja.

"Mouse", Rebekah suspiró y golpeó su frente. "Él no es una ardilla".

"Así que estás diciendo que tiene que estar aquí en alguna parte", dijo RJ suavemente. "Bueno, tal vez no se convirtió en una ardilla, pero puede que haya subido a un árbol".

Todos se turnaron para buscar tan alto en los árboles a su alrededor como podían, pero no había ninguna señal de un consejero de campamento que pensaba que era una ardilla.

"Si no está en los árboles, entonces, ¿dónde está?" Rebekah dijo con frustración. Ella sabía que ya se habían ido por demasiado tiempo. Pronto los consejeros vendrían en busca de ellos, y todo lo que tenían para explicar la ruptura de las reglas era una púa de guitarra brillante. Mouse se sentó en una gran rama de árbol caída y suspiró.

"Nadie nos va a creer y el pobre Sr. Louis nunca será encontrado".

"¿Y si no hay nada que creer?" RJ señaló. "Hasta ahora, todo la evidencia que hemos encontramos son algunas huellas, que puede que ni siquiera pertenezcan al Sr. Louis".

"Eso es cierto", Rebekah asintió. "Pero creo que Mouse tiene razón. Algo me dice que el Sr. Louis está en problemas y tenemos que encontrarlo".

"Las corazonadas son importantes", RJ asintió. "Pero no lo son todo, Rebekah, necesitas alguna evidencia real para respaldarlas".

Mouse suspiró pesadamente otra vez. Se dejó caer hacia delante, apoyando sus codos en sus rodillas. Cuando lo hizo, su ratón escapó del bolsillo delantero de su camisa. Se fue corriendo por la suciedad.

"¡Ah!" RJ gritó y saltó en el aire mientras el ratón se escabullía por sus pies.

"¡Encuentra esa cosa! ¡Encuéntralo, encuéntralo!" demandó mientras se levantaba de un salto y agarraba una rama baja de un árbol para escaparse del ratón.

"Cálmate, es solo un pequeño ratón", Rebekah no podía dejar de reír.

"¡No me gustan los ratones!" RJ gruñó mientras continuaba balanceándose de la rama del árbol. Mouse había saltado para perseguir a su pequeño amigo.

"¡Vuelve aquí!" exigió mientras corría tras el ratón. "¡Ya he perdido el Sr. Louis, no puedo perderte a ti también!"

Capítulo 7

Mientras Mouse corría tras su mascota, todos oyeron voces gritando por el bosque.

"¡Oh no, están buscándonos!" Rebekah hizo una mueca. "Vamos a estar en serios problemas".

"Y ni siquiera encontramos al Sr. Louis", RJ negó con la cabeza.

Rebekah sabía que si decía dónde estaban, estarían en aún más problemas. Así que le gritó a los buscadores.

"¡Estamos aquí, estamos bien!"

Tan pronto como las palabras salieron de su boca, escuchó un fuerte golpe. Ella giró sobre sus talones para ver que Mouse había perseguido a su mascota hasta un grueso arbusto en el borde del sendero. Pero el golpe no había venido de él corriendo hacia arbustos, ¡eso era seguro!

Se frotó la frente. "Auch", murmuró.

"¿Qué pasó?" preguntó RJ.

"No sé", Mouse negó con la cabeza. "Hay algo detrás de los arbustos".

"¿Qué?" Rebekah preguntó con curiosidad y empezó a tirar los arbustos
hacia tras. Los tres comenzaron a tirar de las ramas y las hojas. Pronto se encontraron con que los arbustos habían crecido alrededor de una vieja
choza de madera.

"¡Guau!" anunció Rebekah cuando sintió la madera bajo sus dedos. "Nunca hubiera sabido que esto estaba aquí".

"Mira, ahí debe ser a donde fue mi ratón", dijo Mouse mientras señalaba a un pequeño agujero en la parte inferior de la choza de madera. "¡Tenemos que entrar! No puedo irme sin él".

Los consejeros estaban cada vez más cerca y Rebekah sabía que no iban a estar contentos de que Mouse hubiera traído una mascota con él. Ellos lo harían volver a su cabaña sin su amigo. No podía dejar que eso le sucediera a Mouse.

"Bien, veamos si hay una manera de entrar", dijo Rebekah rápidamente. Tiraron más fuertemente de los arbustos hasta que encontraron una puerta.

"Por aquí debe ser", dijo Rebekah mientras tiraba de la manija de madera en la parte delantera de la puerta. Pero la puerta no se movía. Una rama de gran espesor de los arbustos mantenía la puerta cerrada.

"¿Hola?" una voz gritó desde el interior de la choza. "Hola, ¿hay alguien ahí fuera?"

Rebekah, Mouse y RJ se congelaron ante el sonido de la voz.

"¿Crees que ese sea Magallanes?" Mouse susurró.

"No, tontito", Rebekah rio. "¡Tiene que ser el Sr. Louis! Sr. Louis, ¿es usted?" ella dijó a la choza.

"¡Sí, soy yo!" el Sr. Louis gritó. "Oh, por favor, ayúdenme a salir, ¡he estado atrapado aquí toda la noche!"

Rebekah, RJ y Mouse se unieron para tirar de la rama. Tiraron tan duro como pudieron y fueron capaces de abrir parte de la puerta. El Sr. Louis quedó sin aliento cuando la luz se derramó sobre la oscura choza en la que había estado atrapado.

"Estoy tan contento de que me encontraran, niños", dijo. Comenzó a empujar contra la puerta mientras ellos halaban, en un intento de abrir la puerta completamente.

"Esto no está funcionando", RJ frunció el ceño. "¡Tenemos que empujar todos juntos!"

Los tres se insertaron dentro de la puerta de uno en uno, de modo que pudieran empujar con todas sus fuerzas contra la puerta junto con el Sr. Louis. Pero mientras ellos empujaban fuertemente, la rama del arbusto estaba empujando hacia atrás igual de fuerte.

"¿Puede salir, Sr. Louis?" Rebekah preguntó con los dientes apretados.

"No, lo siento", el Sr. Louis suspiró. "Ustedes son más pequeños que yo, ¡no puedo pasar por allí!"

RJ perdió su equilibrio en la tierra suelta y golpeó accidentalmente a Rebekah, quien también perdió el equilibrio también. Mientras trataban de equilibrarse, no inclinaban su peso contra la puerta. Con solo Mouse empujando la puerta junto con un poco de ayuda del Sr. Louis, esta se cerró de golpe una vez más.

"¡No, no!" Rebekah gritó mientras trataba de empujar su peso contra la puerta de nuevo, pero ya era demasiado tarde. Cuando se cerró, ¡los atrapó a todos en el interior! En las sombras de la choza, los tres niños y el Sr. Louis gimieron por su situación.

"¿Ahora cómo vamos a salir?" el Sr. Louis suspiró.

"Encontraremos una manera", dijo Rebekah con determinación. Mouse estaba ocupado mirando alrededor de la choza.

"¿Qué estás buscando?", preguntó RJ.

"¡A Magallanes!" Mouse respondió mientras buscaba por el piso de la choza.

"¡Oh no, ese ratón está aquí con nosotros!" RJ jadeó. Comenzó a bailar
de una pierna a la otra.

"Sr. Louis, ¿qué estaba haciendo aquí?" preguntó Rebekah mientras empujaba la puerta con la esperanza de que se abriría.

"Bueno, quería organizar un espectáculo de magia muy especial para ustedes y había oído rumores de que esta choza estaba aquí. Pensé que si la encontraba, tal vez podría utilizarla durante un acto de desaparición", frunció el ceño.

"Bueno, ¡lo hizo!" Mouse rio mientras recogía un ratón, que chirriaba y se retorcía, y lo dejaba caer en su bolsillo delantero. RJ suspiró con alivio.

El Sr. Louis asintió. "Dejé la puerta abierta, pero se cerró de golpe antes de que pudiera detenerla y entonces no pude volver a salir".

"Ahora todos estamos atascados", Mouse señaló con un suspiro.

"Oye, ¿a dónde fueron los niños?" gritó la Srta. Cindy desde las afueras de la choza. ¡Los consejeros todavía estaban buscándolos!

"Vamos, todos", dijo Rebekah rápidamente. "¡Hagamos todo el ruido que podamos!"
Golpearon el marco de madera de la choza y gritaron al mismo tiempo.

"¡Estamos aquí! ¡Estamos aquí! ¡Bajo los arbustos!"

Capítulo 8

Los consejeros pronto descubrieron la choza oculta. Trabajaron juntos para tirar de la rama del arbusto que mantenía presionada la puerta. Cuando la puerta se abrió, Rebekah, RJ y Mouse salieron, seguidos por el Sr. Louis.

"Louis, ¿qué estás haciendo ahí?" preguntó la Srta. Cindy con sorpresa. "¡Todos pensamos que te habías ido temprano a casa!"

"Para mi suerte, estos chicos vinieron a buscarme", dijo el Sr. Louis con un movimiento de la cabeza. "De lo contrario, podría haber estado atrapado en esa choza durante mucho tiempo".

"Bueno, Louis", dijo la Srta. Cindy con el ceño fruncido. "Tenemos reglas en este campamento, tú lo sabes. ¡Seguimos el sistema de compañeros por una razón!"

El Sr. Louis asintió con un suspiro. Rebekah se sorprendió de que el Sr. Louis era el que estaba metiéndose en problemas. Contuvo la respiración mientras se preguntaba si eran los siguientes.

"Y en cuanto a ustedes tres", la Srta. Cindy dijo mientras cruzaba los brazos y los miraba.

"¡Pues solo son héroes regulares! ¡Gracias a ustedes, el Sr. Louis está a salvo! Deberían estar muy orgullosos de sí mismos".

Rebekah sonrió, al igual que Mouse, pero RJ solo se encogió de hombros.

"Bueno, yo soy un Detective Junior, después de todo", dijo con un leve resoplido.

"Ustedes tres han sido tan valientes, ¡me aseguraré de decirle a la cocinera que les dé un postre extra!" la Srta. Cindy anunció felizmente.

"¡Fantástico!", dijo Mouse felizmente.

"Genial", Rebekah se encogió. Se preguntó cuánto budín de pan podía comer Mouse.

Esa noche, en la cena, la Srta. Cindy anunció a todos los campistas y otros consejeros que Rebekah, Mouse y RJ habían rescatado el Sr. Louis.

"¡Todos deberíamos darles un aplauso!"

Todos los demás campistas vitorearon y aplaudieron por ellos. Rebekah se sentía muy orgullosa. Mouse apenas se dio cuenta, ya que estaba demasiado ocupado con tres platos de budín de pan frente a él. RJ le sonrió a Rebekah y le dio un pulgar hacia arriba.

"Buen trabajo, pequeña prima", dijo. "¡Hacemos un gran equipo!"

Al final de la semana, Mouse y el Sr. Louis tenían otra sorpresa para los campistas.

Organizaron el mejor espectáculo de magia de la historia.

"Ahora, haré desaparecer este pequeño ratón", el Sr. Louis anunció y agitó su varita mágica sobre Magallanes.

"¡No me importa a dónde vaya, siempre y cuando se mantenga alejado de mí!" RJ se encogió. Rebekah rio y esperó con todos los demás para ver dónde aparecería Magallanes.

"Oh, Dios", dijo el Sr. Louis mientras levantaba la caja y descubría que no había ningún ratón debajo. "Parece que nuestro pequeño ratón puede estar perdido", suspiró dramáticamente. Rebekah sospechó que todo era parte del acto. RJ sacó los pies por encima de las gradas. Entonces, sus ojos se abrieron.

"Rebekah", chirriaba. "¿Se está moviendo mi sombrero?"

Rebekah alzó la vista hacia su sombrero de detective color marrón y se quedó sin aliento. De hecho, se estaba meneando de atrás a adelante sobre su cabeza.

"¡Ah!" gritó RJ y se arrebató el sombrero de la parte superior de su cabeza.

"¡Ahí está!" Todos los niños aplaudieron.

"No te preocupes, RJ, ¡te salvaré!" Rebekah declaró. Ella recogió a Magallanes de su espeso pelo rojo. "Mira, no más pequeño ratón", ella sonrió.

"¡Mi héroe!" suspiró RJ mientras se sentaba de nuevo.

Rebekah no podía haber estado más orgullosa

Rebekah - Niña Detective #10

Hamburguesas Zombi

PJ Ryan

Rebekah - Niña Detective #10

Hamburguesas Zombi

Capítulo 1

La pluma no podría haberse movido más rápido a través de su cuaderno. Ella seguía garabateando. Rebekah estaba sentada en su habitual mesa del almuerzo. Ella la tenía reservada desde el primer grado. Estaba viendo a la nueva cocinera en la cafetería que estaba cojeando mientras caminaba entre las mesas. Era el tercer día de Rebekah como estudiante de cuarto grado y ya se sentía mucho más inteligente. Sobre todo porque era la única que había descubierto que la nueva señora del almuerzo era un zombi. No había ninguna duda al respecto.

Rebekah escribió otra nota mientras la cocinera caminaba por la línea de comidas. Se movía muy lentamente. Cada vez que caminaba, se tropezaba un poco. En un momento, estuvo a punto de perder el equilibrio y dejó escapar un gemido largo.

Rebekah añadió a su cuaderno: camina como un zombi, gime como un zombi.

Ella golpeó su pluma ligeramente mientras los otros estudiantes a su alrededor comían.

Rebekah no había tocado su comida. Su estómago se revolvía por la idea de que la señora del almuerzo fuera un zombi. La única cosa que ella no podía entender era: ¿por qué un zombi querría trabajar en la cafetería de una escuela? ¿Qué podría estar buscando? Tal vez estaba escondiéndose y tratando de integrarse. O tal vez estaba buscando algo sabroso que no estaba en el menú del almuerzo, ¡como cerebros! ¿Qué mejores cerebros podría haber que los cerebros de los niños en la escuela? Eran niños activos y en crecimiento que caminaban de aula en aula.

Ella imaginaba que tendrían que ser bastante sabrosos para los zombis.

¿Cerebros? Rebekah garabateó en su cuaderno.

"¿Cerebros?" preguntó Mouse mientras se sentaba a su lado con el ceño fruncido. "¿Qué se supone que significa eso?"

Rebekah miró a su mejor amigo y entrecerró los ojos. Fuera del bolsillo superior de la camisa de Mouse, un pequeño ratón blanco sacó su diminuta nariz rosa.

"Nada", dijo ella y envolvió su brazo alrededor de su cuaderno. No quería que él viera.

"¿Qué es?" preguntó él con más firmeza. "¡Déjame ver!" él tiró de su brazo y trató de echar un vistazo a lo que había escrito.

"Bien", dijo Rebekah y empujó el cuaderno hacia él con un resoplido. Mientras Mouse leía las notas, sus ojos se abrían más y más. Rebekah siguió tocando la pluma, esta vez sobre la mesa.

Observó como la mujer caminaba hacia la cocina. Mouse miró a la mujer que estaba observando y sacudió la cabeza.

Capítulo 2

"Su nombre es Sra. Rosado y no es un zombi", dijo Mouse con confianza.

"¿Cómo lo sabes?", preguntó Rebekah.

"Porque la conocí en el primer día. Siempre pido cualquier queso sobrante para mis ratones y ella fue muy agradable. Dijo que lo guardaría para mí", sonrió. "¿Qué tipo de zombi me guardaría queso?"

"Tú no viste lo que yo vi", Rebekah señaló.

"¡No, no! La escuela acaba de comenzar, Rebekah, nuestros libros ni siquiera se abren completamente todavía, ¡no puedes acusar a la señora del almuerzo de ser un zombi!" Él golpeó su frente y gimió.

Rebekah se aclaró la garganta. "En el primer día de escuela, la vi caminando extraño por el pasillo".

"La mayoría de los adultos camina extraño", Mouse señaló. "Siempre están usando zapatos raros".

"Bueno, yo, por ser la persona cortés que soy, la seguí para ofrecer un poco de ayuda, ya que estaba teniendo un momento difícil", explicó Rebekah.

"Por supuesto", Mouse asintió ligeramente.

"Bueno, ella fue a una puerta lateral cerca de la cocina. La abrió. Había un hombre que nunca he visto antes", dijo Rebekah.

"Ok, bueno, hay un montón de hombres en el mundo", Mouse se encogió de hombros.

"Este hombre estaba muy pálido", Rebekah explicó en voz baja.

"Un montón de gente es pálida, Rebekah", Mouse suspiró.

"También llevaba ropa muy vieja", dijo Rebekah.

"Mucha gente usa ropa vieja también", Mouse interrumpió, frustrado.

"¿Ah, sí? Bueno, ¿muchos hombres caminan a través del campo de la escuela con sus brazos extendidos así?" Rebekah estiró sus brazos delante de ella. Cuando levantó la vista, vio a la Sra. Rosado mirándola. Rápidamente, dejó caer sus brazos a los lados.

"¿En serio?", preguntó Mouse. No tenía ninguna explicación de por qué alguien estaría caminando por un campo así.

"Por lo tanto, ella es un zombi", dijo Rebekah inclinando su cabeza. "¡Probablemente es la reina zombi!"

Mouse movió rápidamente su cabeza de lado a lado. "¡No! ¡Ella no es un zombi!"

Rebekah miró a Mouse a los ojos y sonrió. "Demuéstralo".

Mouse suspiró y asintió con la cabeza. "Está bien, te mostraré. La espiaremos. Verás que no está haciendo nada en la cocina más que la comida".

"¡Coman sus alimentos, niños!", dijo una voz detrás de ellos. Rebekah casi saltó de su silla cuando miró por encima del hombro y vio que era la Sra. Rosado. Ella abrió la boca para hablar, pero todo lo que salió fue un pequeño chillido.

"Sí, señora", dijo Mouse con una sonrisa encantadora. La Sra. Rosado se trasladó a la siguiente mesa. Una vez que todos los estudiantes terminaron de comer, Mouse y Rebekah pasaron el rato cerca de la puerta de la cocina. La Sra. Rosado estaba ocupada preparando el almuerzo para el día siguiente. Ella estaba vertiendo un montón de carne de hamburguesa en un tazón grande.

"Yum, ¡las hamburguesas son mis favoritas!" Mouse le susurró a Rebekah. Justo en ese momento, ambos oyeron un chirrido. Era muy fuerte. La Sra. Rosado dio un paso atrás, se puso a la vista, llevando la jarra de la batidora. Estaba llena de una sustancia espumosa verde, parecía casi viscosa.

"Uh, ¿qué es eso?", preguntó Rebekah y arrugó la nariz.

"Ella no va a…" Mouse empezó a decir mientras que la Sra. Rosado se acercaba al plato de carne de hamburguesa. Antes de que pudiera terminar la frase, la Sra. Rosado descargó toda la baba verde en la carne de hamburguesa. Mouse se horrorizó y casi se desplomó en estado de shock. Rebekah lo sostuvo de su brazo para mantenerlo de pie. La Sra. Rosado rio mientras agitaba la carne de hamburguesa.

"Ellos nunca sabrán", ella sonrió. Miró en la dirección de la puerta de la cocina. Rebekah y Mouse se agacharon rápidamente. Estaban fuera de su vista justo a tiempo.

"Salgamos de aquí", Mouse gimió. "Creo que mi estómago se siente mal".

"El mío también", Rebekah entrecerró los ojos. "¿Cuáles son las probabilidades de tener un zombi como cocinero?"

"Espera", dijo Mouse con el ceño fruncido. "Todavía no sabemos a ciencia cierta que sea un zombi. Tenemos que revisar nuestra evidencia".

"Tienes razón", Rebekah estuvo de acuerdo y sacó su cuaderno de su bolsillo. Juntos miraron la lista de pruebas que ya tenían.

"Ella habla con los zombis", dijo Rebekah.

"O un hombre que se parece a un zombi", señaló Mouse.

"Ella camina como un zombi", dijo Rebekah.

"O usa zapatos extraños", Mouse le recordó.

"Y ahora, ¡ella puso una baba zombi en la carne de hamburguesa!" Rebekah declaró.
Mouse abrió su boca, pero luego negó con la cabeza. "Con eso no puedo discutir".

47

"Entonces, ¿qué vamos a hacer al respecto?" Rebekah preguntó con el ceño fruncido.

"¿Qué podemos hacer?" Mouse suspiró y miró por encima del hombro en dirección a la cafetería. "No es como si alguien nos va a creer. Solo en caso de que sea un zombi, probablemente no deberíamos molestarla con una acusación. Entonces, ¿qué podemos hacer?"

Rebekah entrecerró los ojos, pensativa. "Bueno, ¡tenemos que hacer algo!", anunció.

Capítulo 3

Esa tarde, cuando llegó a casa de la escuela, su mente estaba llena de ideas de cómo detener al zombi. Tal vez podría armar una trampa zombi. Tal vez podría encontrar a un cazador de zombis que se especializara en este tipo de cosas. Una cosa que sabía con certeza era que no podía quedarse sentada mientras la Sra. Rosado fingía no ser un zombi. De hecho, tuvo que preguntarse por qué un zombi querría trabajar en un comedor escolar. ¿Qué estaba planeando?

Rebekah apenas podía comer su cena. Ella seguía pensando en la baba verde. ¿Dañaría a los estudiantes? ¿La habría colado en otras comidas en la escuela? Cuando se fue a la cama esa noche, Rebekah estaba todavía tratando de averiguarlo. Por supuesto que la Sra. Rosado era un zombi, ¿pero por qué un zombi sería una señora del almuerzo? Simplemente no tenía sentido.

Rebekah se quedó dormida pensando de esto. En algún momento durante la noche, oyó un golpeteo. Al principio fue un leve golpe, y luego sonó más como un rasguño. Se despertó con un sobresalto y miró a la ventana. Las cortinas estaban corridas. Había una larga sombra detrás de ellas. Parecía un brazo que estaba buscando su ventana. Rebekah tenía miedo, pero tenía que ver qué era. Contuvo el aliento mientras se arrastraba hacia la ventana. Agarró los bordes de las cortinas y cerró los ojos con fuerza.

"Por favor, no seas un zombi, por favor, no seas un zombi", dijo ella en voz baja. De una sola vez, tiró de las cortinas. El golpeteo y el rasguño no venían de un zombi en absoluto. Era una rama del árbol al lado de su ventana. ¡Pero había un zombi! Por lo menos, ¡lo que parecía un zombi! Un zombi con cabello rojo salvaje y unos asustados ojos abiertos.

"¡Oh, no!" Rebekah se quedó sin aliento. "¡Soy yo!" Era su reflejo en la ventana lo que había pensado era un zombi.

Cansada de no dormir toda la noche, la cara de Rebekah estaba muy pálida. Ella se arrastró de vuelta a la cama, su mente todavía giraba por el miedo. Fue entonces que se dio cuenta de lo que la Sra. Rosado estaba haciendo. Ella no estaba allí para cocinar para los niños. ¡Estaba allí para convertir a los niños en un ejército de zombis!

Capítulo 4

Cuando Rebekah llegó a la escuela al día siguiente, estaba más decidida que nunca a poner un alto a la señora del almuerzo zombi. ¡Tenía que proteger a toda la escuela! Mouse se encontró con ella en el pasillo justo antes de la clase.

"Hola, Rebekah", dijo alegremente. Su sonrisa se desvaneció cuando vio el ceño fruncido de ella. Incluso el ratón en su bolsillo se agachó para evitarlo. "Creo que todavía estamos pensando que la señora del almuerzo es un zombi", suspiró.

"No solo es un zombi", dijo Rebekah mientras cerraba su casillero de golpe y comenzaba a marchar por el pasillo. "¡También está tratando de convertirnos a todos en zombis! ¡Eso es lo que era la baba!"

Mouse frunció el ceño mientras entraban en su primera clase del día. "Bueno, es extraño que ella tratase de ocultárselo a todo el mundo".

"Acomódese, clase", el maestro anunció desde el frente de la sala. "Por favor, escuchen los anuncios de la mañana".

El sistema de megafonía graznó a la vida y una voz metálica salió por los altavoces.

"El almuerzo de hoy será un regalo especial, ¡hamburguesas y patatas fritas!", anunció la voz. Rebekah y Mouse se miraron con los ojos muy abiertos. La voz metálica pasó a la lista de clubes que se reunirían después de clases.

"¡Te lo dije!" le susurró Rebekah a Mouse. "¿Qué tipo de almuerzo escolar ni siquiera tiene verduras?", señaló. "Todo es un gran truco para hacernos comer las hamburguesas".

Mouse asintió lentamente. "Creo que podrías estar en lo cierto acerca de esto, Rebekah. ¿Pero no está esto por encima de nosotros? Tal vez deberíamos llamar a tu primo RJ".

Rebekah negó con la cabeza mientras se cruzaba de brazos. "De ninguna manera. Podemos manejar esto por nosotros mismos".

"¿Pero cómo?", preguntó Mouse.

"¡Lo único que sé con certeza es que nadie va a comer esas hamburguesas hoy!", dijo Rebekah con severidad.

Mouse asintió como si estuviera de acuerdo, pero también parecía un poco preocupado.

Rebekah siempre tenía una manera de meterlos a los dos en problemas con su trabajo de detective.

Capítulo 5

A la hora del almuerzo, Rebekah entró en la cafetería. Estaba decidida a evitar que los estudiantes comieran las hamburguesas. Sabía que un bocado podría ser la última comida real que tuvieran. Una vez que fueran zombis, quién sabe lo que comerían. Al mirar a todos los niños emocionados por tener hamburguesas y patatas fritas para el almuerzo, se sentía mal por ellos. Iban a perder la oportunidad de una deliciosa comida. Pero era por su propio bien.

Rebekah caminó audazmente hasta la línea del almuerzo. La Sra. Rosado estaba de pie detrás del mostrador lista para servir sus hamburguesas de zombis.

"Sé lo que hizo", Rebekah le susurró. La Sra. Rosado levantó una ceja.

"¿Perdón?", dijo. "¿Qué hice?"

"Yo no voy a dejar que suceda. Voy a detenerte. ¡Así que mejor saque los sándwiches de mantequilla de maní y jalea ahora mismo!"

La Sra. Rosado apretó los dientes y respiró hondo, como si estuviera tratando de ser paciente.

"¿Podrías por favor seguir adelante y recoger tu comida? Otros estudiantes están esperando", señaló la línea que se formaba detrás de Rebekah.

"¡No coman estas hamburguesas!" Rebekah anunció a la línea de estudiantes, pero ellos no estaban escuchando. Ellos olían las patatas fritas y los bollos tostados. Se empujaron hasta pasar a Rebekah, listos para darse un festín.

"¡Oh, no!" Rebekah se quedó sin aliento. Ella realmente había pensado que los otros niños la escucharían. Esperaba que se pondrían en fila detrás de ella y marcharían fuera de la cafetería en señal de protesta. Pero, al parecer, ¡comer patatas fritas era más importante que no convertirse en un zombi! Rebekah trató de captar la atención de los niños que salían de la línea del almuerzo con su bandeja.

"¡No lo coman!" Rebekah declaró. "¡Ella le puso baba zombi! ¡Los convertirá en un zombi!"

La mayoría de los niños parecía pensar que Rebekah estaba bromeando o tal vez que, de alguna manera, se había vuelto loca. Todos ellos se rieron de ella y llevaron sus bandejas a sus mesas. Mouse entró en la cafetería al mismo tiempo que Rebekah entraba en un pánico total. Vio el salvajismo en sus ojos y se preparó para lo que podría suceder a continuación. Pronto, las mesas de almuerzo estaban llenándose con las bandejas y los estudiantes estaban listos para comer. Las cosas estaban saliéndose rápidamente de control. Rebekah solo podía pensar en una cosa que hacer. Se acercó a la mesa más llena y se paró frente a ella.

"¡Esto es por su propio bien!" Ella prometió a los estudiantes, quienes la miraban con confusión. Rebekah se subió de un salto a la mesa, golpeando bandejas y cartones de leche al hacerlo.

"¡Nadie coma las hamburguesas!" gritó una y otra vez. "¡Nadie coma las hamburguesas, no son buenas! ¡Están llenas de baba!"

La Sra. Rosado salió corriendo de detrás del mostrador para ver lo que estaba sucediendo.

"¡Oh, no!", gritó cuando vio el desorden que Rebekah estaba causando. "¿Qué has hecho?", exigió.

"Le dije que la detendría", dijo Rebekah con una sonrisa mientras saltaba de mesa en mesa.

Pateó todas las bandejas con hamburguesas. Los chicos la miraban con horror mientras todos trataban de adivinar en cuántos problemas se metería. Mouse bajó la cabeza y trató de desaparecer. Tenía esperanzas de que Rebekah no esperara que él saltara sobre las mesas ahora.

La Sra. Rosado persiguió a Rebekah lo mejor que pudo con su cojera.

"Deja de hacer eso", gritó mientras Rebekah pateaba otra bandeja.

"¡Deja de hacer eso ahora mismo!"

Rebekah se subió a otra mesa antes de que la señora del almuerzo pudiera atraparla. Mandó volando todas las bandejas hasta un extremo de la mesa. Alguien debió de haber ido a buscar al director, el Sr. Powers, porque fue su voz la que retumbó por toda la cafetería.

"¡Detengan esta tontería ahora mismo!", gritó. Rebekah se agachó y se volteó hacia él. Ella era, obviamente, la parte culpable, ya que estaba de pie en la parte superior de una mesa de comedor.

"Bájese en este instante", el Sr. Powers exclamó mientras cruzaba los brazos sobre su pecho.

La Sra. Rosado sonrió mientras Rebekah, a regañadientes, bajaba de la mesa.

"Jovencita, es el cuarto día de clases, ¿no es así?", preguntó el Sr. Powers con una ceja levantada.

"Sí, señor", dijo ella solemnemente.

"¿No pudimos llegar a una semana sin una guerra de comida?", preguntó bruscamente.

"Es solo que las hamburgue…" Rebekah comenzó a decir.

"En mi oficina, ahora", dijo él con severidad y luego miró a los otros estudiantes. "Estoy seguro de que la Sra. Rosado puede proporcionar a cada uno de ustedes un agradable sándwich de mantequilla de maní y jalea. Pueden comer fuera, en el patio, solo por hoy, ya que habrá que limpiar la cafetería".

Rebekah recibió unas cuantas miradas de los otros estudiantes. Todos habían estado esperando sus hamburguesas y patatas fritas.

"Vamos", le dijo a Rebekah y salió de la cafetería. Mouse saludó ligeramente a Rebekah, quien le envió un ceño que hacía parecer como si ella estuviera condenada.

Capítulo 6

La oficina del Sr. Powers era muy limpia y ordenada. Todo tenía su lugar. Incluso Rebekah, quien se sentó justo en frente de su escritorio.

"Rebekah", dijo el Sr. Powers con severidad. "Entiendo si usted tiene pensamientos fuertes sobre ser vegetariano".

Los ojos de Rebekah se abrieron, pero ella no lo corrigió, solo asintió con la cabeza.

"Sí, señor Powers", dijo con el ceño fruncido.

"Yo mismo no soy un gran fan de la carne", dijo el Sr. Powers con un encogimiento de hombros. "Pero no puede esperar que todos los demás en la escuela sigan su misma dieta. ¿De acuerdo?"

"Sí, señor", dijo Rebekah cambiando de posición en su silla. "¿Así que no estoy en problemas?"

"Bueno, no puedo dejarle hacer una escena como la de hoy de nuevo, jovencita", advirtió el director. "Pero creo que si te vas a ayudar a la Sra. Rosado a limpiar el desorden que hiciste, puedo pasarlo por alto esta vez".

Rebekah se estremeció ante la idea de tener que estar a solas con la señora del almuerzo zombi, pero asintió con la cabeza. "Sí, señor", dijo ella. Al menos no conseguiría una detención.

Mientras se levantaba de su silla y caminaba hacia la puerta de la oficina, vio a un hombre caminando por el pasillo. Estaba muy pálido y vestía ropas viejas y sucias. Sabía que tenía que volver a la cafetería, ¡pero no podía dejar que un zombi vagara por la escuela! Ella siguió al hombre a través de los pasillos vacíos. Cuando lo vio hacer una parada al lado de un armario, se escondió detrás de un grupo de casilleros. El hombre miró a su alrededor una vez y luego abrió la puerta. Dio un paso al interior del armario. Rebekah corrió hacia el armario y se asomó por la pequeña ventana. Quería saber lo que él estaba haciendo allí. ¿Estaba guardando la baba zombi para la Sra. Rosado? ¿Estaba tramando algún otro terrible plan? Para su sorpresa, ¡no había nadie allí! ¿Cómo podía simplemente haber desaparecido? ¿Era un fantasma zombi? ¿Un mago zombi? No tenía idea de qué pensar. Pero estaba segura de que si no regresaba a la cafetería y ayudaba a la Sra. Rosado, acabaría en detención después de todo. Corrió por el pasillo de vuelta hacia la cafetería, con la mente llena de explicaciones de la desaparición de los zombis.

Cuando volvió a entrar en la cafetería, esta estaba vacía con la excepción de la Sra. Rosado, que estaba doblada recogiendo algunas de las bandejas que Rebekah había tirado. Cuando se puso de pie, dejó escapar un fuerte gemido que hizo a Rebekah querer correr fuera de la cafetería. Pero ella sabía que el director nunca le creería.

"Tú", dijo la Sra. Rosado con una mirada. "¡Tú limpia este desastre!", dijo con severidad y luego caminó hacia la cocina. Mientras Rebekah limpiaba las bandejas y la comida del suelo, pensaba en la carne de hamburguesa. Ella sabía que la Sra. Rosado había hecho mucha más. Estaba segura de que al día siguiente estaría sirviendo hamburguesas de nuevo. No podía permitir que convirtiera a toda la escuela en zombis. Cuando Rebekah puso la última bandeja de nuevo en el mostrador, llamó hacia la cocina.

"¡Estoy lista!"

La Sra. Rosado salió para inspeccionar su trabajo. Mientras ella revisaba debajo de las mesas en busca de patatas fritas olvidadas, Rebekah se metió en la cocina. Encontró el recipiente con carne de hamburguesa y lo tiró a la basura. Luego, salió de nuevo.

"Bien", dijo la Sra. Rosado con un resoplido. "¡No hagas eso otra vez!", insistió. "Es posible que no te guste mi cocina, pero es muy grosero hacer una escena así. Es aún peor tratar de hacer que todos los otros niños se sientan de la misma manera".

Rebekah asintió, su corazón latiendo. "Lo siento", dijo ella con los dientes apretados. Esperaba que la Sra. Rosado no se diera cuenta de que la carne de hamburguesa había sido tirada mientras ella todavía estaba allí. "Ve a clase", la Sra. Rosado instruyó. Ella puso sus manos en sus caderas y miró a Rebekah salir de la cafetería. Rebekah podía sentir sus ojos de zombi sobre su espalda durante todo el camino.

Capítulo 7

Rebekah corrió todo el camino hasta su próxima clase. Ya había empezado y el maestro le anunció con la mano que podía entrar. Él trató de ocultar una sonrisa de diversión; había oído hablar de sus travesuras en la cafetería. Mouse la estaba esperando allí, su escritorio guardado para que ella pudiera sentarse junto a él. Ella se dejó caer en el escritorio, sus facciones arrugadas por un ceño fruncido.

"No puedo creer lo valiente que fuiste", él le susurro una vez que ella estaba acomodada.

"No sé si fue valiente", Rebekah se estremeció al recordar la sensación de los ojos de zombi observándola. "Pero por suerte no tengo detención".

"¿Cómo lo lograste?" Mouse preguntó con sorpresa. Estaba seguro de que tendría un año de detención.

"El Sr. Powers piensa que soy vegetariana", Rebekah rio detrás de su mano. Mouse rodó los ojos y negó con la cabeza.

"Buena esa, Rebekah", murmuró.

Cuando la clase terminó, casi era hora de ir a casa. Ellos comenzaron a caminar por el pasillo hacia sus casilleros para recoger lo que necesitaban llevar a casa.

"Estaba pensando", dijo Mouse con el ceño fruncido. "Si ella realmente está haciendo algún tipo de brebaje zombificador, tal vez podamos obtener una muestra para revisarla en el laboratorio de ciencias".

"¡Entonces tendríamos evidencia!", dijo Rebekah alegremente. "¡Mouse, realmente eres brillante!", ella lo abrazó con fuerza.

"Lo sé", Mouse rio. "¡Ahora suéltame o aplastarás a Boyardee!"

"¿Le pusiste Boyardee a tu ratón?" Rebekah preguntó con sorpresa.

"Bueno, lo encontré detrás de algunas latas de espagueti instantáneo", Mouse comenzó a explicar y luego negó con la cabeza. "No hay tiempo para eso, tenemos que encontrar una manera de demostrar lo que la Sra. Rosado está haciendo".

"Entonces, ¿cómo vamos a obtener una muestra?" Rebekah preguntó.

"Bueno, si esperamos hasta después de que suene la última campanada del día, podemos colarnos en la cocina", Mouse sugirió.

"Me gusta la forma en que piensas", Rebekah sonrió. Se fueron de prisa a su última clase del día.

Capítulo 8

Después de que sonó la última campanada, se encontraron en el pasillo fuera de la cafetería.

"¿Estás listo para esto?" Rebekah le preguntó.

"Tan listo como puedo llegar a estarlo", respondió Mouse con una sonrisa nerviosa.

"Esperemos que ella ya se haya ido a casa".

 Se inclinaron por la esquina de la puerta de la cocina. La cocina estaba vacía. Se deslizaron dentro y comenzaron a buscar a través de la cocina algo de la baba verde.

"Ugh mira", dijo Mouse mientras señalaba a una licuadora a la que le quedaba un poco en el fondo.

"Esa es nuestra muestra", Rebekah se encogió ante el olor. En ese momento, la puerta de la cocina crujió como si estuviera a punto de abrir. Mouse y Rebekah miraron a su alrededor en busca de cualquier lugar para esconderse. La única opción era la parte bajo el fregadero con cortinas. Se acomodaron juntos en el pequeño espacio y contuvieron la respiración cuando la puerta se abrió por completo con un fuerte gemido. Mouse cerró los ojos y Rebekah empujó la cabeza hacia atrás mientras trataba de ocultarse. Tenía que ser la Sra. Rosado. Oyeron sus pasos arrastrándose por el suelo mientras caminaba hacia el fregadero. Se abrió la llave del agua por un momento. Después se cerró. Entonces la escucharon picando algo.

"¡Vuelve aquí!" la oyeron sisear. "Ellos ni siquiera sabrán lo que están comiendo, pero estos niños necesitan una buena dosis de la receta especial de la Sra. Rosado", ella se rio estridentemente. Luego se quedó en silencio por un momento, antes de añadir junto con una ruidosa picada: "bueno, eres uno baboso, ¿no es así?"

¡Picada! ¡Picada!

Rebekah se encogió y se preguntó qué podría estar cortando. ¿Qué llevaba la baba zombi? No estaba segura, y no quería averiguarlo. La Sra. Rosado se fue cojeando del fregadero.

Esperaban que se hubiera ido, pero un momento después escucharon el chirrido de la licuadora.

"¡Está haciendo más!" Rebekah susurró. "¡Nuestros almuerzos nunca serán seguros!"

Mouse asintió rápidamente, su cara palideciendo ante la idea de que esa baba verde estuviera dentro de su hamburguesa. Cuando el chirrido se detuvo, ambos esperaron. Rebekah deseaba que la mujer se fuera. ¿No tenía otras tareas zombis que atender?

"Creo que podría haberse ido", Mouse susurró junto a la oreja de Rebekah.

"¿Estás seguro?" Rebekah susurró de vuelta, sintiéndose muy preocupada de que pudieran caer en una trampa.

"Solo hay una manera de saber", Mouse respondió en voz baja. Empezó a separar la cortina del fregadero. Rebekah hizo una mueca, con la esperanza de que no serían capturados. Antes de que Mouse pudiera incluso abrir la cortina por completo, Boyardee se deslizó fuera del bolsillo de su camisa. Fue fácil para el ratón hacerlo porque Mouse estaba inclinado buscando los zapatos de la señora del almuerzo.

Capítulo 9

"¡No, Boyardee!" Mouse siseó. "¡Vuelve aquí, ratón malo!"

Pero el pequeño ratón blanco era solo un borrón mientras corría a través del suelo de la cocina. De repente se oyó un chillido.

"¿Un ratón en mi cocina?" La Sra. Rosado echaba humo. "¡Nunca!" la escucharon cojear rápidamente detrás del ratón.

"No, no", Mouse sollozó. "¡Ella va a convertir a Boyardee en un ratón zombi!"

Rebekah frunció el ceño. Ella sabía lo mucho que los ratones de Mouse significaban para él. También sabía que un ratón zombi no sería tan divertido. Valientemente salió de debajo del fregadero para rescatar al ratón. Los chillidos y gritos de la Sra. Rosado habían llegado a oídos de su amigo zombi. Cuando Rebekah salió de debajo del fregadero, ambos estaban persiguiendo al ratón.

"¡Dejen al ratón en paz!" Rebekah declaró en voz alta.

"¡Tú de nuevo!" La Sra. Rosado levantó las manos en el aire. "¿Por qué estás haciéndome esto?"

"¿Por qué estoy haciendo esto?" Rebekah preguntó con sorpresa. "¿Por qué está haciéndonos esto a nosotros? ¿Por qué tuvo que escoger nuestra escuela para su ejército de zombis?"

La Sra. Rosado la miró como si hubiera brotado una zanahoria de la parte superior de su cabeza. Ella negó con la cabeza lentamente.

"¿Dilo de nuevo?" pidió ella.

"Le dije, ¿por qué tuvo que escoger nuestra escuela para crear su ejército de zombis?" Rebekah repitió y luego lanzó una mirada en dirección del otro zombi.

"¿Por qué pensarías que estaba haciendo un ejército de zombis?"

preguntó la Sra. Rosado, tan estupefacta que ni siquiera podía estar enojado.

"Bueno, veamos por qué", dijo Rebekah bruscamente. Ella sacó su cuaderno de detective y comenzó a leer la lista de pruebas. Mientras tanto, Mouse comenzó a buscar a Boyardee.

"Usted camina como un zombi", explicó Rebekah. "Usted gime como un zombi, usted habla con los zombis", señaló al hombre de pie junto a la Sra. Rosado. "Ha creado una baba zombi para colarla en nuestra comida…"

"¿Baba zombi?" la Sra. Rosado dijo con una risa corta. Entonces sus ojos se iluminaron. "¿Te refieres a esto?" preguntó ella mientras recogía la jarra de la licuadora llena de una espumosa baba verde.

"Sí, eso", dijo Rebekah y luego se cubrió la boca con ambas manos. Hizo ruidos detrás de su mano que sonaban a 'no lo beberé'.

"Esto no es baba zombi", dijo la Sra. Rosado con otra carcajada. "Son verduras", señaló a los brócoli, pimientos, apios y pepinos que había usado para crear el brebaje. "Solo pensé que sería una buena manera de asegurarse de que todos ustedes niños comieran una buena ración de verduras cada día", explicó con una sonrisa temblorosa. "¡No puedo creer que pensaras que yo era un zombi!"

"¿Qué hay de su cojera y su gemido?" preguntó Rebekah, todavía no convencida. Mouse se acercó a su lado con Boyardee capturado en sus manos.

"Sí, y este zombi", Mouse señaló al hombre al lado de la Sra. Rosado. "Rebekah lo vio caminando con los brazos extendidos hacia delante".

"El Sr. Baker tampoco es un zombi", dijo la Sra. Rosado con severidad. "Ahora escuchen, creo que es genial que los niños tengan una imaginación, pero ustedes dos se llevan el pastel con esto. Tengo una cojera porque mi espalda está mal, y gimo porque a veces cuando levanto cosas o me agacho, duele".

"Y yo soy el nuevo jardinero y conserje de la escuela", dijo el Sr. Baker con un movimiento de la cabeza. "Cuando me vio, estaba haciendo un ejercicio especial para mis brazos. Pasé un montón de tiempo en el sótano la semana pasada apilando y vaciando cajas, por lo que mis brazos estaban doloridos. La Sra. Rosado me enseñó un ejercicio que su médico le enseñó para ayudar con la espalda".

Rebekah suspiró cuando todas las piezas del rompecabezas comenzaron a unirse. El Sr. Baker estaba pálido porque trabajaba en el sótano con tanta frecuencia. "¿Y supongo que la entrada al sótano se encuentra en el armario de utilidad?" Rebekah preguntó con una mueca.

"Sí, lo está", asintió con la cabeza ligeramente. "¿Cómo lo sabes?"

"Puede que lo haya", dijo Rebekah en voz baja. "Puede que haya pensado que era un fantasma zombi porque desapareció en el armario".

"Un fantasma zombi", el Sr. Baker se rio de eso. "Bueno, usted es alguien creativo".

"Así que para estar claros", dijo la Sra. Rosado con la punta de su dedo. "Yo no soy un zombi, como tampoco lo es el señor Baker".

"Sí, señora", dijo Rebekah discretamente.

"Sí, señora", Mouse estuvo de acuerdo. "¡Pero igual no quiero baba vegetal en mis hamburguesas!"

"¿Le dirá al Sr. Powers?" Rebekah preguntó nerviosamente. Ella sabía que él no sería tan agradable con una segunda ofensa.

"Mm", dijo la Sra. Rosado. "Voy a hacerte un trato. Si prometen no decirle a los otros niños lo que pongo a escondidas en sus hamburguesas, entonces prometo no decirle Sr. Powers sobre este pequeño incidente".

Rebekah asintió solemnemente. "Es un trato", dijo.

Mientras Rebekah y Mouse comenzaban a salir de la cocina, la Sra. Rosado les habló.

"¡Y mantengan a ese ratón fuera de mi cocina!"

Rebekah - Niña Detective #11

El Secreto de Mouse

Capítulo 1

Rebekah estaba tumbada sobre su cama, hojeando un nuevo libro que su primo RJ le había enviado por correo. Era un libro completo sobre detectives famosos de la historia. Rebekah pensó en sí misma como una niña detective. Su primo RJ también era un detective y siempre estaba en búsqueda de sugerencias y consejos que compartir con Rebekah. Hasta ahora, el libro era interesante, pero era muy grueso. Tenía un montón de páginas y Rebekah no podía entender algunas de las palabras. Ella anotó las que no conocía en un bloc de papel para poder buscarlas después.

Mientras leía las historias, se imaginó de vuelta en el tiempo con estos detectives. Ella podría ser su asistente de confianza. Hubiera sido muy interesante resolver misterios antes de que hubiera cámaras, computadoras y teléfonos. Mientras volteaba a la página siguiente, oyó un sonido extraño. Era un sonido de correteo. La puso un poco nerviosa. Le recordaba a garras de monstruo o a los pequeños pies de los gremlins.

Se sentó en su cama y subió los pies sobre la cama con ella. Valientemente, ella miró en la dirección del sonido. Una mancha blanca corría por el suelo de su cuarto. Los ojos de Rebekah se abrieron y ella jadeó.

"¡Mouse!" gritó, pero ella no estaba gritándole en inglés al pequeño roedor blanco que ahora estaba escondido debajo de su cama. Ella estaba llamando a su amigo Mouse, que ella sospechaba se escondía en el pasillo.

"¡Hola, Rebekah!" él sonrió mientras entraba en su habitación. Mouse siempre tenía un ratón mascota con él. Tenía más de veinte ratones propios. Le gustaba coleccionarlos y darles diferentes nombres. Así fue como consiguió su apodo, Mouse, como ratón en inglés. Rebekah lo llamaba así desde el primer día en que se conocieron y un ratón había corrido a través de su zapato.

"¡Atrápalo!" Rebekah dijo mientras bajaba de la cama y comenzaba a buscar al ratón debajo de ella. "Si la mamá lo ve, se molestará", ella se rio ante la idea.

"No te preocupes", Mouse sonrió mientras se agachaba y le tendía un pequeño pedazo de queso cheddar. El ratón se precipitó de debajo de la cama y subió a la palma de la mano de Mouse.

"Vaya, tiene hambre", Rebekah rio mientras el ratón devoraba todo el pedazo de queso en cuestión de segundos.

"¿Qué traes entre manos hoy?" preguntó Mouse. Era domingo, así que tenían todo el día para jugar.

"Estaba leyendo", Rebekah se encogió de hombros mientras sostenía el libro sobre detectives.

"Bien", dijo él con una sonrisa. "¿RJ te envió eso?"

"Sí, pero estoy lista para tomar un descanso", Rebekah sonrió. "¿Qué traes entre manos hoy?"

"Esperaba que pudiéramos ir al parque, traje mi balón de fútbol", él apuntó hacia el pasillo, donde una pelota de fútbol verde y negra los esperaba.

"¡Genial!" Rebekah tomó sus zapatos y puso su libro cuidadosamente en su escritorio. "Y no olvides que tenemos nuestra noche de bolos el miércoles", dijo ella rápidamente cuando vio su bolsa de bolos en la esquina de su habitación. Ella y Mouse tenía una tradición los miércoles en la noche de ir a los bolos juntos.

"¡No lo olvidaré!" Mouse prometió. Entonces ella y Mouse corrieron escaleras abajo y salieron de la casa.

Capítulo 2

Rebekah y Mouse caminaron hasta el parque, el cual no estaba lejos de donde vivían. Tenía un gran campo yerboso, como también un parque infantil. En el campo yerboso, la gente solía jugar a la pelota, volar cometas, y algunas veces hacer volteretas y gimnasia. Era un lugar divertido en el que estar, especialmente en un día soleado.

Mientras Rebekah y Mouse empezaban a patear la pelota de adelante hacia atrás, algunos otros chicos fueron a jugar también. Todos jugaron a alejar la pelota, que fue muy divertido. En alejar la pelota, cada uno tiene que tratar de patear el balón lejos de la persona que lo tiene. Entonces, el que lo patea y llega a él primero es del que todos los demás tienen que alejar el balón.

En verdad no había forma de ganar. Era solo una manera de divertirse y siempre hacía reír y chillar a todos cuando trataban de patear el balón. Cuando los otros niños tuvieron que irse y solo quedaban Mouse y Rebekah nuevamente, comenzaron a lanzar la pelota de fútbol de allá para acá.

"Estoy muy contenta de que vinimos al parque", dijo Rebekah con una sonrisa.

"¿Aunque no haya misterios que resolver?" Mouse preguntó con una sonrisa torcida.

"Oh, hay misterios", dijo firmemente Rebekah, con un brillo en sus ojos verdes. "Siempre hay misterios, ¡pero es mi día libre!"

Ambos rieron. Cuando Mouse lanzó la pelota hacia Rebekah, su pie quedó atrapado en un espeso parche de hierba. Empezó a caer, por lo que el balón pasó alto por encima de la cabeza de Rebekah. Mouse cayó con su mano, pero su ratón mascota salió del bolsillo de su camisa. El ratón corría por la hierba hacia el bosque. La pelota estaba rodando en la otra dirección. Mouse perseguía a su mascota, mientras que Rebekah perseguía la pelota.

"¡Yo lo conseguiré!" ella gritó y trató de correr más rápido. Cuando cogió el balón, se dio la vuelta a tiempo para ver a Mouse persiguiendo a su mascota directo hacia el bosque.

"¿Necesitas ayuda?" ella ofreció.

"¡Yo lo alcanzaré!" Mouse dijo por encima del hombro mientras desaparecía en el bosque.

Capítulo 3

Mouse podía ver fácilmente a su mascota mientras la perseguía. Su coloración blanca la hacía resaltar contra las hojas verdes y marrones que estaban dispersas por el suelo en el bosque. Pero atraparla no fue tan fácil. El ratón era rápido, es por eso que Mouse lo había llamado Speedy.

"¡Vuelve, Speedy!" gritó y metió la mano en su bolsillo para buscar un poco de queso extra.

Mouse y Rebekah tenían reglas que seguir mientras estaban en el parque. Una de esas reglas era no entrar en el bosque solo. Pero Mouse no había planeado ir tan lejos dentro del bosque. Él pensó que cogería a su mascota inmediatamente.

Se dio cuenta persiguiendo a su ratón de que estaba más dentro en el bosque de lo que nunca había estado antes. Finalmente se encontró con su mascota, que estaba excavando en un montón de hojas. Recogió a Speedy en sus manos y lo dejó caer en el bolsillo delantero de su camisa. Mientras lo hacía, un cono de pino lo golpeó justo en la parte superior de la cabeza.

"¡Ay!" gruñó Mouse y miró hacia el árbol. Por supuesto, el árbol no tenía la intención de lanzar un cono de pino sobre él, por lo menos no lo creía. Sin embargo, había algo extraño en el árbol. En sus ramas, parecía que algo grande había sido construido. Estaba moldeado alrededor del árbol. Se parecía un poco a una casa pequeña o una casa del árbol muy grande.

"¡Es una casa del árbol!" jadeó y se quedó mirando con admiración. Siempre había querido construir una, pero su patio tenía arbustos y no tantos árboles. Parecía que la casa del árbol no se había utilizado en un tiempo, pero todavía había una escalera de cuerda que colgaba de una rama que le permitiría subir y entrar.

"¿Mouse?" podía oír a Rebekah llamándolo. Sabía que si no volvía pronto, ella se preocuparía lo suficiente como para venir a buscarlo. ¡Entonces ella podría perderse en el bosque! Él quería subir a echar un vistazo a la casa del árbol, pero no tenía tiempo en ese momento. Así que mientras caminaba de vuelta a la orilla del bosque, hizo todo lo posible para recordar exactamente cómo había llegado a la casa del árbol. Una vez que salió del bosque, Rebekah estaba allí esperando por él.

"¿Estás bien?" preguntó ella. "Estaba a punto de ir a buscarte".

"Estoy bien", dijo Mouse rápidamente. "¡Speedy es rápido!"

"Buen nombre, entonces", Rebekah rio.

Mouse estaba a punto de decirle a Rebekah acerca de la casa del árbol, cuando de repente no quiso hacerlo. Él quería ser el primero en explorarla. Rebekah era una detective tan buena que siempre encontraba todo primero. Él quería tener la casa del árbol para sí mismo, solo por un rato.

Para quitársela de la cabeza, se decidió a practicar uno de sus nuevos trucos de magia.

"Oye, ¿te mostré ese nuevo truco de magia que aprendí?" preguntó con una amplia sonrisa.

Mouse era muy bueno con los trucos de magia. Bueno, trataba de ser muy bueno con los trucos de magia. Él quería ser un mago. Le gustaba la idea de engañar a la gente haciéndoles creer que algo increíble había sucedido. Él siempre estaba aprendiendo nuevos trucos de libros o sitios web en la computadora.

"No, no lo has hecho", dijo Rebekah a regañadientes. A Rebekah no le gustaban los trucos de magia. A ella le gustaban los misterios que estaban destinados a ser resueltos, no misterios que estaban destinados a engañarte.

"Oh, bien, ¡entonces déjame mostrarte!" dijo Mouse con entusiasmo. A él siempre le gustaba mostrar su magia.

"Si es necesario", Rebekah frunció el ceño y se puso de pie con impaciencia frente a él.

"Oh", Mouse frunció el ceño. "¿No lo quieres ver?"

"Bueno, me estaba divirtiendo jugando fútbol", explicó Rebekah mientras sostenía la pelota en sus manos. "Tenía la esperanza de que seguiríamos jugando".

"No tomará mucho tiempo", Mouse le prometió. "Creo que realmente va a gustarte".

"Mouse", Rebekah negó con la cabeza ligeramente. "Sabes que no me gustan los trucos de magia".

"Confía en mí, este te gustará este", insistió Mouse. Comenzó sacando una larga cinta de tela de su bolsillo. Rebekah gimió, ya que ese era uno de los trucos de magia más antiguos de los libros. "¿Qué? ¿Ya te lo mostré?" Mouse preguntó con una mirada de confusión.

"No, pero lo he visto antes", Rebekah se encogió de hombros. Ella no estaba impresionada.

Rebekah era siempre muy directa acerca con cómo se sentía y Mouse sabía que no tenía la intención de herir sus sentimientos, pero lo hizo. Estaba molesto por que ella no vería un solo truco.

"Bien", dijo bruscamente. "Olvídate de ello", empujó la cinta de vuelta en su bolsillo.

"Genial, ¡vamos a jugar!" Rebekah dijo rápidamente. Ella no tenía ni idea de que realmente había lastimado los sentimientos de Mouse.

"No, olvídate de eso también", dijo Mouse con severidad. Le quitó la pelota de fútbol. "Me voy a casa".

"Oh", Rebekah estaba sorprendida. "Pensé que querías jugar un poco más".

"No, me voy a casa", Mouse repitió y luego se marchó del parque con su balón de fútbol bajo el brazo. Rebekah se le quedó mirando. No estaba segura de qué pensar, pero ni siquiera consideró que podría haber herido los sentimientos de Mouse.

Capítulo 4

A la mañana siguiente, en la escuela, Rebekah esperó a Mouse cerca de su casillero. Por lo general, se reunían antes de clases, pero no lo vio. Cuando sonó la campana, tenía que ir a clase. Ella lo vislumbró durante los descansos entre clases, pero él siempre estaba caminando en la otra dirección.

Al día siguiente, en la escuela, Mouse no se reunió con ella en su casillero. Tampoco cumplía con ella durante el almuerzo. Ella estaba molestándose mucho, pensaba que él estaba tratando de evitarla. Ella nunca antes había tenido problemas para encontrarse con Mouse.

Cuando sonó la última campana, ella se quedó justo fuera de la escuela en busca de él. Lo encontró por el lado de la escuela cerca de los bastidores de bicicletas. Estaba hablando en voz muy baja con algunos otros niños. Rebekah los conocía de la escuela.

Estaba Amanda, a quien Rebekah conocía de la clase de arte. También estaba Max, a quien conocía de la clase de gimnasia, y Jaden, que lo había visto en la sala del almuerzo. Todos estaban reunidos alrededor de Mouse, quien parecía estar susurrando.

Mientras Rebekah se acercaba, Mouse dejó de hablar. Él la miró y luego volteó la cabeza. Rebekah se quedó sin aliento. Mouse nunca la había ignorado antes. ¿De qué estaba hablando con los otros niños?

Rebekah estaba a punto de caminar hacia allá para saber exactamente lo que estaba pasando, pero antes de que pudiera llegar allí, Mouse y sus amigos comenzaron a marcharse. Rebekah iba a llamarlo, pero sabía que él la había visto. Sabía que él había decidido que no quería hablar con ella.

Sus sentimientos estaban muy lastimados, pero más que eso, sabía que esto era un misterio. Tenía que averiguar por qué Mouse estaba evitándola. Tenía que averiguar de lo que habían estado hablando.

Capítulo 5

Cuando Rebekah llegó a casa de la escuela, decidió visitar a Mouse. Ella iba a sacarle la verdad, incluso si estaba enfadado con ella. Así que se marchó camino a su casa. Se dirigió hasta su acera. Fue hasta la puerta principal. Entonces, llamó a la puerta.

Ella estaba practicando en la cabeza exactamente lo que iba a decirle. Le recordaría los buenos amigos que eran. Le recordaría que no le gustaba quedarse fuera. En su mayoría, le recordaría acerca de su noche de bolos, que se acercaba rápidamente. Pero no fue Mouse quien abrió la puerta. Fue la madre de Mouse.

"Oh, hola, Rebekah", dijo con una sonrisa. "¿Estás buscando a Mouse?" preguntó ella.

"Sí, lo estoy", dijo Rebekah con firmeza, pero tenía que sonreírle cortésmente a la madre de Mouse.

"Bueno, él ya se ha ido al parque", dijo su madre. "Estoy segura de que se encontrará contigo allí".

Los sentimientos de Rebekah estaban heridos de nuevo. ¿Mouse había ido al parque, su parque, sin ella? ¿Por qué no la habría invitado a ir?

"Gracias", dijo con tristeza y se alejó de la puerta. Ella caminó hacia el parque con sus hombros caídos. No podía pensar en una sola razón por la que Mouse la dejaría fuera.

A medida que se acercaba al parque, notó a un grupo de niños caminando delante de ella. Eran los mismos niños que había visto al principio del día y Mouse iba a la cabeza. ¡No solo la había dejado fuera de ir al parque, había invitado a todos sus nuevos amigos en su lugar!

Ella se quedó lo suficientemente lejos para que no pudieran verla. Luego, se deslizó a lo largo de los arbustos y los árboles que se alineaban con la acera. Los siguió hasta que entraron en el parque.

Observó cuando omitieron el parque de juegos. Caminaron a través del campo yerboso sin parar a jugar. Caminaron hasta el borde del bosque.

Rebekah jadeó cuando vio a Mouse conducir a los otros niños en el bosque. La regla era que no se suponía que debían ir demasiado lejos dentro del bosque, pero Mouse simplemente siguió caminando. Rebekah sabía que sería vista si caminaba justo detrás de ellos. Así que entró en el bosque desde más cerca del parque de juegos. Tuvo que escuchar muy de cerca los sonidos de sus voces y pasos. Con el crujido de las hojas, podía decir en qué dirección estaban caminando.

Cuando se acercó más, vio algo extraño. Había pedazos de cartón pegados con cinta en los árboles. Eran señales. Algunas de las señales decían: ¡Aléjese! ¡No Pase! ¡Solo Ratones!

Ahora, Rebekah estaba segura de que Mouse estaba tramando algo muy extraño. Cuando se escabulló más cerca de las voces, vio cuán extraño. Uno por uno, cada uno de los niños estaba subiendo una escalera de cuerda en un árbol muy grande. Mouse fue el último en subir todo el camino hasta arriba. Cuando levantó la vista, vio que la escalera había llevado a una casa del árbol grande.

Capítulo 6

Rebekah se sentó allí durante algún tiempo y esperó a que ellos bajaran. Ella oyó retazos de risas. Oyó voces yendo y viniendo. No escuchó a nadie llamándola para que subiera.

Mientras caminaba a casa, estaba muy molesta. Pero no se permitió llorar. Ella no lo haría.

Mouse estaba obviamente bajo algún tipo de control mental. O tal vez había sido invadido por un ladrón de cuerpos alienígena. De cualquier manera, ella iba a conseguir a su mejor amigo de vuelta, sin importar lo que se necesitara.

Esa noche, mientras estaba despierta pensando en lo que podría estar pasando con Mouse, hizo un plan. Ella evaluaría a Mouse en búsqueda de señales de un lavado de cerebro. Lo conocía bien, así que debía ser capaz de notarlo. Hizo una lista de tres señales que ella debía buscar.

¿Mouse tiene uno de sus ratones?

¿Mouse tiene un nuevo truco de magia?

¿Mouse recuerda su apretón de manos secreto?

Se quedó dormida segura de que sería capaz de revelar la verdad.

Capítulo 7

Al día siguiente, tan pronto como llegó a la escuela, comenzó a buscar a Mouse. Él no era fácil de encontrar. No estaba en su casillero. Estaba en el de Jaden. Ella esperó hasta que Jaden hubiera tomado sus libros y se alejara. Entonces se encontró con Mouse mientras él se volteaba para caminar hacia la clase. Casi caminó directamente hacia ella. Cuando la miró, sus ojos estaban muy abiertos.

"H-hola", tartamudeó.

"Hola, Mouse", Rebekah respondió, sus ojos se estrecharon. Ella cruzó los brazos sobre su pecho y se puso de pie justo frente a él. "¿Cómo están tus pequeños ratones?"

"Bien", él tragó saliva. Un pequeño ratón blanco asomó su cabeza fuera del bolsillo de Mouse. Rebekah frunció el ceño. Estaba segura de que si le hubieran lavado el cerebro, él no recordaría llevar su mascota a la escuela con él. "Me tengo que ir", dijo él rápidamente. Se alejó de ella en el pasillo antes de que pudiera decir una palabra más.

Rebekah arrastró sus pies todo el camino a clase. Se dejó caer en su escritorio. Sacó su cuaderno y tachó la primera prueba.

Cuando sonó la campana, corrió hacia el pasillo. Corrió de arriba abajo en busca de Mouse.

Ella pensó en un principio que no lo encontraría, pero entonces lo vio. Él estaba de pie cerca de la fuente de agua. Estaba susurrándole a Amanda. Rebekah no fue tímida al caminar hasta Mouse en ese momento. Amanda le sonrió mientras pasaba caminando. Rebekah la miró y luego directamente a Mouse.

"Mouse, ¿aprendiste nuevos trucos de magia?", preguntó, arqueando una ceja muy alta.

"Por supuesto", dijo Mouse con una sonrisa de sorpresa. "¿De verdad quieres verlo?"

87

"Claro", Rebekah se encogió de hombros. No le gustaba mucho la magia, pero quería asegurarse de que este realmente era Mouse y de que estaba en control de sus propios pensamientos.

"Mira esto", él sacó una rosa de color rojo brillante. Rebekah se dio cuenta de que no era una flor real, pero siguió la corriente de todos modos.

"Oh, ¿es que para mí?", preguntó.

"No, pero puedes olerla", dijo y la sostuvo bajo su nariz. Rebekah suspiró y olió la flor. Ella esperaba que se convierta en un pedazo de tela o tal vez se dividiera en dos flores. Lo que no esperaba era una cara llena de agua pulverizada desde el centro de la flor.

"¡Mouse!" chilló mientras se limpiaba su cara y escupía. "¿Qué es eso? ¡Eso no fue un truco de magia!"

"Claro que lo es", Mouse rio. "Solo que es un tipo diferente. ¡Es un truco de magia con una broma!"

"Oh, bien", dijo Rebekah secamente. A pesar de que estaba mojada, se alegraba de que Mouse estuviera hablando con ella. Se puso a caminar a su lado, ya que comenzaron a caminar a sus clases.

"Mouse, realmente pensé…"

"Rebekah, tengo que irme", dijo rápidamente y se metió en su salón de clases. Rebekah se le quedó mirando con sorpresa. Ni siquiera era hora de que la campana sonara. Ella sabía que no tenía que ir a clase tan rápido. Ahora estaba realmente herida. Estaba más que herida. Estaba molesta. Si él no quería ser su amigo nunca más, lo único que tenía que hacer era decirlo. Se marchó a su propia clase, echando humo.

Capítulo 8

Mientras Mouse se sentaba en su clase, empezó a sentirse muy mal. Él sabía que Rebekah probablemente no tenía la intención de herir sus sentimientos, incluso si lo había hecho. Para el momento en que la escuela había terminado, decidió que era hora de perdonarla. La esperó fuera de la escuela. Cuando Rebekah caminaba por la acera, pasó justo delante de él, ya que aún estaba molesta.

"Rebekah", Mouse gritó mientras corría para alcanzarla. "¿Vas a hacer algo esta tarde?"

"Oh, solo vete con tus nuevos amigos", le espetó sin parar.

"Rebekah", Mouse frunció el ceño al darse cuenta de lo mucho que le debe haber herido sus sentimientos. "¿Qué tal si vamos por un helado, solo tú y yo?", dijo con una sonrisa brillante.

Rebekah no quería llegar a un acuerdo. Ella quería estar enojada, pero echaba de menos a Mouse. Él era realmente su mejor amigo.

"Está bien", ella finalmente asintió. Mientras caminaban a la tienda de helados, Mouse le habló de los nuevos trucos de magia que había aprendido.

"Así que estos trucos son todavía trucos de magia, pero que terminan siendo más como bromas pesadas", se rio.

"Bueno, si es como esa flor que arroja a chorros, puedes quedártelos", dijo Rebekah firmemente.

Lo que realmente quería era saber sobre la casa del árbol que había visto en el bosque, pero ella no quería molestar a Mouse cuando acababan de reírse juntos de nuevo. Ella decidió que le preguntaría al respecto cuando fueran a los bolos la noche siguiente.

Después de que terminaron su helado, ambos tuvieron que volver a casa para estudiar para el examen de ciencias que tenían al día siguiente. Mientras Rebekah trataba de estudiar, le resultaba casi imposible concentrarse. Realmente quería saber la historia detrás de la casa del árbol. Lo que es más importante, quería saber por qué no fue invitada a ser parte de ella.

Todavía estaba muy feliz de que ella y Mouse hablaran de nuevo. Cuando se durmió esa noche, empezó a soñar con la bolera. ¡El único problema era que los pinos estaban hechos de ratones! Cada vez que ella lanzaba la bola por la bolera, los ratones se dispersaban.

Capítulo 9

Al día siguiente, Rebekah se despertó sintiéndose emocionada. Se supone que Mouse y ella debían ir a los bolos esa noche. Ella se apresuró a vestirse, cepillarse los dientes y tomar su desayuno.

Cuando llegó a la escuela, no vio Mouse en su casillero, por lo que solo fue al suyo. Él no estaba en el almuerzo y esto la molestaba bastante. Se preguntó si había hecho algo mal.

¿Ordenó el tipo equivocado de helado? ¿Sabía que ella estaba lanzando bolas de boliche a ratones en sus sueños?

Pronto se iluminó cuando se lució en su examen de ciencias. Tenía ganas de compartir la noticia con Mouse.

Cuando no puedo encontrarlo después de la escuela, se fue a buscarlo por los portabicicletas.

Una vez más, él no estaba allí. Ella se frustraba cada vez más. Era como si él la estuviera evitando de nuevo. Tan pronto como llegó a casa, lo llamó a su casa.

"¿Hola?" Mouse respondió como si nada pasara.

"¿Hola?" Rebekah respondió con fastidio. "¿Dónde estuviste todo el día?"

"Oh, solo fue un día atareado", dijo Mouse rápidamente.

Rebekah frunció el ceño. Dudaba de que fuera cierto. "Bueno, ¿estás listo para ir a jugar a los bolos esta noche?", preguntó.

"¡Oh, no!" Mouse se quedó sin aliento. "Me olvidé de que era esta noche. Lo siento, Rebekah, pero estoy demasiado ocupado. No seré capaz de ir".

Rebekah se sorprendió. Mouse nunca se perdía una de sus noches de bolos.

"¿Con qué estás ocupado?" ella exigió, pero Mouse ya había colgando el teléfono. "¡Voy a averiguar la verdad!", insistió justo antes de que se cortara el teléfono.

Capítulo 10

Para cuando Rebekah colgó el teléfono, ya había tenido suficiente. Ella no iba a dejar pasar esto. Iba a descubrir exactamente lo que Mouse hacía de una vez por todas. Ella agarró su cuaderno y lo abrió. Había una última prueba. Su apretón de manos secreto, que no habían usado en años, pero que Mouse todavía debería recordar. Lo utilizaban cada vez que se peleaban para demostrar que todo fue perdonado.

Ella puso su bolsa de bolos de nuevo en el armario y cerró la puerta con un golpe. Sabía exactamente dónde estaría Mouse y por qué estaba tan ocupado. Estaba segura de que si llegaba a la casa del árbol primero, la escalera estaría abajo. Pero mientras caminaba hacia el parque, alguien pasó rápidamente justo en frente de ella. Era Amanda, con su cabello flotando detrás de ella, montada en su bicicleta. Saludó con la mano a Rebekah mientras se dirigía hacia el parque.

Rebekah sabía que si Amanda llegaba primero, nunca sería capaz de colarse en la casa del árbol. Así que empezó a correr, con la esperanza de superarla de alguna manera. Cuando comenzó a correr, alguien salió volando de un patio a la acera. Rebekah casi choca con Jaden.

"¡Oh, lo siento!" dijo él y corrió en dirección del parque. Ahora Rebekah tenía que recuperar el aliento. Ella estaba frustrándose bastante. No podía darse por vencida, incluso si así quería. Tenía que averiguar qué estaba pasando. Justo cuando llegó al borde del parque, vio a Max corriendo por el campo yerboso. Ahora sabía que sería demasiado tarde. Sus hombros cayeron mientras caminaba a través del campo y hacia el bosque. Podía oír a todos hablando juntos por delante de ella.

"¿No va a ser esto genial?" Amanda rio.

"No puedo creer que tomó tanto tiempo", respondió Max.

"¡Qué gran sorpresa!" Jaden se echó a reír

Rebekah hizo un puchero. Quería saber de lo que estaban hablando. Se sentía muy excluida, lo que la hacía sentir enojada y triste al mismo tiempo. De repente, se acordó de cuando todo esto había comenzado. Recordó la mirada en el rostro de Mouse cuando ella no quiso ver a su truco de magia. Todo este tiempo había estado pensando que Mouse era el que estaba siendo malo, ¡pero en realidad ella había comenzado!

"¡Oh, no!", murmuró Rebekah cuando se dio cuenta de que ella había herido los sentimientos de Mouse. No le habían lavado el cerebro, ni tenía su cuerpo secuestrado por extraterrestres, solo había sido lastimado. Rebekah seguro sabía cómo se sentía ahora. Decidió que si él la perdonaba, ella siempre querría ver sus trucos de magia. Con suerte, no era demasiado tarde.

Cuando llegó a la casa del árbol, estaba segura de que la escalera ya estaría arriba. Pero, en vez de eso, estaba colgando hacia abajo contra el árbol. Ella levantó la vista hacia la casa del árbol y vio que estaba oscura. ¿Tal vez no habían ido hasta allí? ¿Tal vez se reunirían en otro lugar?

Rebekah decidió echarle un vistazo de todos modos. Mientras subía por la escalera, se preguntó lo que podría haber en el interior. Justo cuando llegó a la cima, se encendieron faroles en el interior de la casa del árbol. Rebekah se asomó a la puerta para encontrar a Mouse, Jaden, Max y Amanda apiñados en el interior.

Capítulo 11

Todos le sonrieron y aplaudieron.

"Bienvenida al club, Rebekah", dijo Mouse con una amplia sonrisa.

Rebekah estaba muy sorprendida. "¿Pero pensé que no querías que estuviera en él?", dijo ella nerviosamente.

"Rebekah, si hay una cosa que sé, es que siempre resolverás un misterio", Mouse rio. "Sabía que me cazarías esta noche, así que planeamos una celebración especial".

Señaló los aperitivos y bebidas que cubrían una pequeña mesa en la casa del árbol. "Todo esto es para darte la bienvenida al club. Eso es, si quieres estar en él", agregó.

"¡Por supuesto que sí!", dijo Rebekah y le tendió su mano con el pulgar doblado hacia abajo contra su palma. Él le tendió la mano de la misma manera. Luego, entrelazaron sus dedos y sacudieron sus manos dos veces. Entonces, sus pulgares salieron y lucharon. ¡Rebekah ganó!

"Lamento haber herido tus sentimientos, Mouse", dijo Rebekah con el ceño fruncido.

"Sé que no querías hacerlo", dijo él con un encogimiento de hombros. "Siento haberte dejado fuera, pero ahora puedes ser parte del Club Secreto de Mouse".

"¿Y qué es eso exactamente?" Rebekah preguntó con suspicacia mientras hacía crujir una patata frita.

"Tendrás que quedarte para averiguarlo", él sonrió y le guiñó ligeramente. Rebekah se echó a reír y sacudió la cabeza.

"¡Siempre y cuando no me arrojes agua con más flores!"

"Bueno", Mouse sonrió mientras él y los otros chicos intercambiaban miradas secretas. "Podría hacerlo".

Rebekah suspiró y se sentó en el piso de la casa del árbol. "Muy bien, ¡cuéntamelo todo!", dijo tan alegremente como pudo.

"Bueno, cuando me encontré con esta casa del árbol, estaba muy emocionado", explicó Mouse mientras se sentaba a su lado. "Se me ocurrió echarle un vistazo. Me imaginé que estaría llena de arañas e insectos y nada más".

"Iugh", Amanda se estremeció.

"Pero no había ninguna", Mouse elevó la voz y le sonrió a Amanda. "De hecho, esto estaba muy ordenado. Luego, encontré esta caja en la esquina. ¡Estaba llena de cosas!"

"¿Qué tipo de cosas?", preguntó Rebekah con curiosidad.

"Cosas como esta", dijo Jaden mientras le entregaba una lata de cacahuetes.

"Sabroso", dijo Rebekah con una sonrisa y abrió la lata. Un tubo de colores brillantes salió volando sobre ella, tocándola justo en la nariz. "Uhh", ella suspiró al darse cuenta de que había sido un truco.

"Y esto", dijo Max mientras sacaba la flor con la que Mouse la había rociado.

"Y esto", Mouse sonrió con orgullo mientras sostenía un libro. El título decía:

Magia y Travesura: Una Guía para Bromas Prácticas Mágicas

"Mira", dijo Mouse mientras hojeaba las páginas. "Está lleno de todas estas pequeñas notas.

Alguien más estaba usando esta casa del árbol y este libro antes. Creo que fue dejado aquí para que lo encontraran otros niños. Algunos de los trucos necesitan más de una persona, así que decidí ver si alguien estaría interesado en iniciar un club".

"¿Pero no me dijiste a mí?" Rebekah preguntó con el ceño fruncido.

"Bueno, no parecías interesada", Mouse señaló. "Y ya que heriste un poco mis sentimientos, pensaba hacer el club por mí mismo. ¡Pero la verdad es que no puedo tener ningún tipo de club sin que seas parte de él, Rebekah! Entonces, ¿qué piensas? ¿Crees que puedas aprender a que te guste la magia?"

Rebekah pensó en esto por un momento. Ciertamente tenía curiosidad.

"Si eso significa llegar a pasar el rato con todos ustedes, por supuesto que puedo", dijo Rebekah con una sonrisa.

Pero ella sacó su bloc de notas y comenzó a tomar notas en el interior.

¿Quién construyó la casa del árbol? ¿Quién dejó el libro? ¡Mouse tenía

su propio club secreto de magia, pero Rebekah tenía un nuevo

misterio que resolver!

Rebekah – Niña Detective #12

El Helado Perdido

PJ Ryan

Rebekah - Niña Detective #12

El Helado Perdido

Capítulo 1

Tan pronto como Rebekah abrió los ojos, estaba muy emocionada. Había pasado toda la noche soñando con Remolino de Caramelo, Cereza García y Chocolate Chip de Menta, todos sus sabores favoritos de helado. En realidad, no había un sabor de helado que no le gustara. Ella incluso se conformaba con el de vainilla, si esa era su única opción.

Rebekah no había estado soñando con helado porque se fue a la cama temprano. Ella soñaba con helado porque hoy era el día que había estado esperando durante toda la primavera. Tan pronto como fuera el primer día oficial del verano, el Sr. Sprool abría la Tienda de Helados y revelaba a todo el pueblo el nuevo sabor que había creado.

El sabor solo estaría por el verano y Rebekah se prometío ser la primera en probarlo todos los años. Así que tan pronto como el sol estaba arriba, sus ojos estaban abiertos y ella saltaba de la cama.

Ella sabía que Mouse estaría haciendo lo mismo. Cada año tenían una carrera para llegar a la Tienda de Helados primero. Estaba abierta todo el año, pero era durante el verano que siempre destacaban un nuevo sabor de helado. Rebekah se vistió rápidamente y se puso su camiseta de cono de helado preferida. Entonces, se puso sus zapatos y corrió a la cocina. Su madre, que ya sabía qué día era, se quedó allí con una banana y un vaso de jugo de naranja.

"Nada de helado antes del desayuno, Rebekah", dijo su madre con firmeza.

"Pero, mamá", Rebekah comenzó a quejarse. Cuando su madre entrecerró los ojos, Rebekah asintió rápidamente. "Está bien, se ve muy bien, ¡gracias!" ella tomó la banana y el jugo de naranja. Peló la banana rápidamente, tiró la piel en la pila de compost, y luego se la comió. La siguió con grandes tragos de su jugo de naranja.

"Uf, Rebekah, vas a enfermarte", su madre sacudió la cabeza con desaliento.

"No puedo evitarlo", Rebekah se rio. "No puedo esperar a ver cuál es el nuevo sabor es".

"Tal vez será banana naranja", su madre bromeó con una sonrisa.

"Nop, ¡eso fue hace dos años!" Rebekah le recordó.

"Oh, eso es correcto", su madre se echó a reír. "Solo ten cuidado al ir a la ciudad, ¿de acuerdo?"

"Lo tendré", Rebekah le prometió. Al salir de la casa, estaba contenta de haber tenido algo en su estómago, porque estaba tan emocionada que estaba volteándose y contorsionándose.

Capítulo 2

Mientras Rebekah corría por la acera, oyó pasos detrás de ella. Sabía de quién eran incluso antes de darse la vuelta.

"¡Mouse!", dijo con una ceja levantada.

"Rebekah", respondió él con sus manos en las caderas.

"Supongo que nadie gana esta vez", se rio. "¿Por qué no simplemente caminamos juntos?"

"Suena bien", Mouse asintió y empezaron a caminar juntos hacia la Tienda de Helados. Su pequeño pueblo no tenía mucho tráfico, pero igual eran cuidadosos. Cuando llegaron a la Tienda de Helados, Rebekah vio al Sr. Sprool voltear el letrero colgado en la puerta de cristal de cerrado a abierto.

"¡Date prisa, Mouse, antes de que alguien más lo note!", dijo Rebekah y comenzó a correr por la acera. Mouse la alcanzó justo cuando ella abrió la puerta. Cuando Rebekah lo miró por encima del hombro, se dio cuenta de un niño pequeño sentado en la esquina de la tienda. Tenía la cabeza baja y parecía como si estuviera tomando una siesta. Rebekah pensó que era un poco extraño, pero estaba demasiado entusiasmada con el helado para prestar demasiada atención.

"¡Hola, Sr. Sprool!" Rebekah anunció alegremente mientras caminaba hasta el mostrador. Era alto y plateado, siempre frío al tacto. Le llegaba justo al hombro, por lo que tenía que ponerse de puntillas para mirar por encima de él y ver el surtido de helados montado en el refrigerador de abajo. "Estoy muy emocionada por probar el nuevo sabor. ¿Cuál es el de este año?" preguntó ella, sus ojos brillaban. "Espero que tenga algo que ver con cerezas y chocolate", ella sonrió.

Mouse asintió con entusiasmo mientras empujaba suavemente a su ratón mascota de vuelta a su bolsillo delantero. Al Sr. Sprool no le gustaba que Mouse trajera sus mascotas a su tienda. "¿O tal vez algo con mantequilla de maní?", preguntó esperanzado.

105

"Hola, Rebekah; hola, Mouse", dijo el Sr. Sprool tranquilamente mientras limpiaba con un paño al otro lado del mostrador. "Lo siento, pero me temo que no hay ningún nuevo sabor este año".

"¿Qué?" Rebekah se quedó mirándolo con asombro absoluto. "Pero eso no es posible. Usted lanza un nuevo sabor cada verano. Hoy es el día. ¿Qué pasó?"

Él suspiró y se subió las gafas a lo largo de su nariz mientras miraba a Rebekah. Él era un hombre mayor, en sus ochenta años, y había sido dueño de la Tienda de Helados durante muchos años. Conocía a los padres de todos los niños en el vecindario de cuando ellos mismos eran niños.

"Sé que estás decepcionada, Rebekah", dijo con un movimiento lento de la cabeza. "Pero no hay nada que pueda hacer al respecto. Saqué el nuevo sabor anoche. Lo metí en el congelador y lo cerré. Cuando llegué aquí esta mañana para sacarlo, estaba perdido".

"¿Perdido?" Rebekah repitió en susurro.

"Robado, supongo", él suspiró pesadamente de nuevo. "Me entristece mucho. ¿Quién robaría helado? Sé que podría hacer otro nuevo sabor, pero hasta que sepa quién tomó el primero, no voy a hacerlo. No puedo permitirme perder suministros, y había hecho este sabor muy especial", frunció el ceño. "Creo que estoy un poco molesto por eso"

"Por supuesto que sí", Rebekah negó con la cabeza lentamente. "Es terrible que alguien robara el helado".

"Realmente terrible" Mouse estuvo de acuerdo mientras bajaba la cabeza. Era muy decepcionante esperar todo el año por algo y luego descubrir que no iba a suceder.

"¿Quieres uno de los viejos sabores?" el Sr. Sprool sugirió amablemente. "Tengo un especial de vainilla".

"¿Vainilla?" Rebekah suspiró y sacudió la cabeza. Después de probar tantos deliciosos sabores de helado, apenas podía pensar en la simple y antigua vainilla. "No, gracias, Sr. Sprool. De hecho, no quiero ningún helado. Guardaré mi dinero, ¡porque voy a probar una porción de su nuevo sabor cuando descubra quién lo tomó!" dijo con determinación.

"Rebekah", el Sr. Sprool le advirtió con una mirada firme. "Alguien entró aquí y robó el helado. Ese alguien es un criminal. ¡Tienes que ser muy cuidadosa cuando se trata de un criminal!"

"Oh, lo seré", dijo Rebekah con confianza. "Mañana a esta hora, Sr. Sprool, tendrá su helado de nuevo. ¿Le importa si miro en la trastienda donde se almacenaba el helado?" preguntó esperanzada.

"Está bien, pero no molestes a los confites", dijo con una media sonrisa. "Si alguien puede resolver este misterio, estoy seguro de que eres tú, Rebekah".

Capítulo 3

Ella sonrió con orgullo y comenzó a caminar detrás del mostrador. Mouse empezó a seguirla, pero el Sr. Sprool lo detuvo.

"No tan rápido, jovencito", dijo con un brillo en sus ojos. "No creas que no vi que tienes uno de tus roedores en tu bolsillo. Tendrás que sacar esa cosa de mi tienda. Por lo que sé, podrían haber sido animales los que se metieron en mi congelador".

"Pero no fue mi ratón", dijo Mouse con el ceño fruncido.

"Tal vez no", dijo el Sr. Sprool pacientemente. "Pero los ratones de cualquier tipo no pertenecen cerca del helado. ¿Ok?"

Mouse asintió hoscamente. "Sí, señor", dijo y saludó a Rebekah. "Lo llevaré a casa y te veré de vuelta aquí en un rato".

"Está bien, Mouse", Rebekah le sonrió. "No te preocupes, ¡tendré esto resuelto en poco tiempo!"

Rebekah abrió la puerta de la trastienda y prestó mucha atención a todo lo que veía. Ella nunca había estado allí antes. Había un montón de platos y mezcladores. Grandes cajas de confites y otros ingredientes se alineaban en las estanterías. También había un congelador alto. Aquí era donde el Sr. Sprool dijo que había estado el helado. Cuando ella tiró de la manija del congelador, fue muy difícil de abrir, lo que significaba que había sido cerrado correctamente.

"No hay muchas posibilidades de que un animal pudiera haber abierto esto", dijo pensativamente mientras miraba el interior del congelador. Los estantes estaban recubiertos con una capa de escarcha y hielo. Podía ver que alguien había raspado a través de la escarcha.

"Mmm", dijo ella mientras miraba de cerca una forma que fue creada en la escarcha. Sacó su cuaderno y dibujó la forma en papel. Era una forma de diamante. Luego, cerró el congelador y miró al suelo. Pudo ver que había algo de suciedad en el suelo. El Sr. Sprool siempre mantenía su tienda muy limpia, por lo que tuvo que adivinar que la suciedad venía del ladrón. Al mirar de cerca la tierra, vio que estaba organizada en pequeñas líneas perfectas. Como las ranuras en la parte inferior de un zapato. Miró la parte inferior de su zapato. Las ranuras no coincidían con el patrón.

"Sr. Sprool", gritó. "¿Podría venir aquí por un momento?", preguntó.

"Claro", él entró en la trastienda.

"¿Puedo ver su zapato?" preguntó ella.

"¿Mi zapato?" frunció el ceño, pero asintió con la cabeza y levantó el pie en el aire. Él movió sus brazos para mantener el equilibrio mientras Rebekah investigaba el patrón en su zapato.

"Mm, no se ve igual", dijo mientras soltaba bruscamente el pie. El Sr. Sprool se estabilizó y luego se asomó a ver la suciedad que Rebekah estaba mirando en el suelo.

"Bueno, eso es extraño", dijo en voz baja.

"Lo sé", Rebekah golpeó su pluma ligeramente contra su barbilla. "Sr. Sprool, estoy acercándome más a la verdad".

"Bien", el Sr. Sprool rio un poco. "Te dejaré para que lo hagas".

Capítulo 4

Cuando él abrió la puerta de atrás para salir, Rebekah se dio cuenta de que la puerta se abrió ligeramente. Sus ojos se abrieron, porque la puerta había estado cerrada con llave un momento antes. Se acercó a ella y la miró muy de cerca. Cuando trató de girar la manija, esta no se movía, pero la puerta sí se movía hacia adentro muy fácilmente.

"¡Oh, no!", susurró ella. La puerta estaba tenía el cerrojo puesto, pero nunca había estado cerrada completamente. Ella se agachó y miró en la ranura de la puerta. Lo que encontró fue una piedrita que se había metido en el marco de la puerta.

"Así que el Sr. Sprool pensó que todo estaba bien cerrado anoche, pero no fue así", dijo ella con una pequeña sonrisa. "¡Así fue como el ladrón entró!"

Estaba segura de que se estaba acercando al criminal, pero la pregunta se mantenía. ¿Quién había cometido el incalificable crimen de robar el nuevo sabor de helado?

Ella abrió la puerta y se asomó al callejón detrás de la tienda. Estaba vacío aparte de un gran contenedor de basura verde. No vio nada extraño, pero sí notó un rastro de suciedad de la reciente tormenta. Se agachó para mirarlo de cerca. Era tierra ordinaria mezclada con pequeños guijarros.

Al llegar al final del camino, se dio cuenta de que había una huella de zapato en la tierra. Una huella de zapato con las mismas ranuras del patrón que había visto en la tienda.

"El ladrón sin duda llegó por aquí", dijo en un susurro. Mientras salía del callejón hacia la acera, miró en ambas direcciones. No había demasiada gente en la acera, pero notó a un hombre esperando en la parada de autobús. Ella lo reconoció como uno de los hombres que trabajaban en la tienda de comestibles.

"¿Sr. Green?", preguntó mientras caminaba hacia él.

"Sí", él le sonrió. "Hola, Rebekah, ¿cómo te va hoy?"

"No tan bien", ella frunció el ceño. "A la Tienda de Helados le robaron su nuevo sabor de helado".

"Oh, no", frunció el ceño. "Eso es terrible".

"Lo sé", Rebekah estuvo de acuerdo. "Me preguntaba si había visto a alguien entrar y salir de ese callejón", señaló el callejón detrás de la tienda.

"Uh, bien", se frotó la barbilla por un momento mientras pensaba en ello. "Ahora que lo pienso, sí noté a alguien allí ayer. Era un hombre pequeño, muy bajo. Estuvo de pie al final del callejón por un rato y luego lo vi mirando en el escaparate de la tienda de helados. Luego desapareció por el callejón".

"¿Podría decirme algo más acerca de cómo se veía?" Rebekah preguntó mientras anotaba en su cuaderno que el sospechoso era bajo.

"No vi su rostro", el Sr. Green negó con la cabeza. "Entonces llegó el autobús y tuve que irme. Yo nunca lo vi salir del callejón".

"Mm", dijo Rebekah cuando oyó el estruendo del autobús que se aproximaba. "Gracias, Sr. Green".

"No hay problema, Rebekah, ¡espero que resuelvas tu misterio!"

Capítulo 5

Rebekah decidió caminar por la acera y por detrás de las tiendas que se alineaban con ella. Mientras caminaba, pensaba en las pistas que había encontrado hasta el momento. Ella sabía que la persona que había robado el helado era bajo, que se había colado en la parte trasera de la tienda por el callejón y que tenía algo en sus manos o muñecas que tenía la forma de un diamante. Ni siquiera podía empezar a pensar en lo que podría ser.

Al llegar al final de las tiendas alzó la vista hacia las brillantes luces de la última tienda en la fila. Era una tienda de dólar que vendía un montón de novedosos juguetes y artículos a precios muy baratos. Miró dentro de la ventana por curiosidad. Vio que tenían algunos nuevos juegos magnéticos de viaje, así como algunos nuevos coches de carreras en el estante. Entonces, se dio cuenta de que había una nueva exhibición de joyería. Rebekah sabía que estaba trabajando, pero quería echar un vistazo rápido. Mientras entraba en la tienda, la mujer detrás del mostrador estaba mirando una revista.

"Oh, guao, ¡un cliente!" dijo con una sonrisa feliz. "¡El primero del día!"

"Hola", Rebekah le sonrió a la mujer. No sabía su nombre, pero siempre era muy amable. "Solo quería ver la nueva joyería".

"Oh, sí, ha sido muy popular", dijo la mujer mientras señalaba la pantalla. "Pero no se trata solo de joyas, también hay algunos relojes allí. Ya he vendido dos de ellos, ¡y acabo de recibir productos ayer!"

"Wow", Rebekah miró los relojes y sonrió. Eran únicos. Cada cara de reloj tenía una forma diferente. Uno de ellos era un triángulo, uno era un cuadrado.

"¿Estas son todas las formas en las que vienen?" Rebekah preguntó con curiosidad.

"No, son solo las que me quedan", dijo la mujer. "Estaba a punto de realizar un pedido de más de los relojes en forma círculo y diamante.

Esos son los dos que ya vendí".

"¿Una forma de diamante?" Rebekah preguntó con sorpresa. Sacó su cuaderno y lo abrió. "¿Se ven como esto?" preguntó ella, con sus ojos abiertos.

"Sí, de hecho", asintió la mujer. "Casi igual".

"Guao", Rebekah se aclaró la garganta y comenzó a tomar notas en su cuaderno. "¿Recuerda quién compró este reloj?" preguntó ella.

"Sí", asintió un poco. "Me acuerdo porque era un muchacho joven. Pensó en su compra por un largo tiempo. Tenía un dólar y lo seguía enrollando y desenrollando, como si no estuviera seguro de si debía gastarlo".

"Mm", Rebekah apuntó que un joven había comprado el reloj. "¿Tenía a su madre o padre con él?" preguntó Rebekah.

"En realidad no", la mujer negó con la cabeza. "Lo he visto por aquí un par de veces. Siempre está solo. No suele comprar mucho, solo un juguete, o a veces solo mira".

"¿Tiene usted alguna idea de cuál podría ser su nombre o dónde podría vivir?" Rebekah preguntó con las cejas levantadas.

"Bueno, lo vi alejarse la primera vez que estuvo aquí. Estaba un poco preocupada, era un joven por sí solo, así que asomé la cabeza para ver si sus padres lo esperaban afuera".

"¿Lo hacían?" Rebekah hizo otra anotación en su libreta.

"No, por lo que vi al chico caminar por la colina. Entró en el edificio de apartamentos al final de la calle", explicó la mujer. "¿Estás buscándolo por alguna razón?"

"Bueno, estoy investigando un robo de helado", explicó Rebekah.

"¿Qué?" dijo la mujer con sorpresa. "¿Quién robaría helado?"

"Eso es lo que estoy tratando de averiguar", dijo Rebekah con una expresión de determinación.

"¡Gracias por toda su ayuda!"

"De nada", sonrió la mujer.

Capítulo 6

Rebekah se apresuró para salir de la tienda. Corrió hasta el final de la calle. Los apartamentos eran muy bonitos, con un parque infantil y una piscina. Rebekah amaba pasar tiempo con sus amigos que vivían allí, porque siempre había algún nuevo lugar que explorar o alguien nuevo que conocer.

Mientras se dirigía hacia el complejo de apartamentos, se preguntó cómo iba a averiguar en qué apartamento vivía este muchacho. Ella todavía no podía creer que un niño podría estar detrás del helado perdido, pero tenía que seguir las pistas.

Justo en ese momento, se dio cuenta de las huellas en la pasarela hacia los apartamentos. Eran como las huellas que había visto en el callejón. Las siguió hasta uno de los edificios de apartamentos. Desaparecían en la escalera.

Subió las escaleras lentamente, manteniendo los ojos bien abiertos para cualquier señal de un chico joven. Cuando llegó al segundo piso, se dio cuenta de que había un tipo diferente de pista. Un rastro de gotas de helado rosado y púrpura. Comenzó a seguir las gotas hasta que llegó a uno de los apartamentos.

Sentado en frente de la vivienda, de espaldas a Rebekah, estaba un muchacho joven. Tenía un recipiente en el suelo delante de él y una cuchara en la mano. Una mano con un reloj en forma de diamante en su muñeca.

Este tenía que ser el ladrón. Todas las pistas estaban allí. Los zapatos sucios, el recipiente de helado, el reloj de diamante. La entristecía pensar que podría ser cierto, pero el ladrón de helado era un joven. Rebekah cruzó los brazos sobre su estómago y entrecerró los ojos. Miró fijamente al chico que estaba devorando hasta el último bocado del delicioso nuevo sabor de helado.

"¿Exactamente qué cree que está haciendo, señor?" preguntó ella bruscamente mientras se acercaba a él por detrás. El joven quedó inmóvil sabiendo que fue atrapado. Su cuchara de helado colgaba en el aire con una gran porción del helado con aspecto más delicioso que Rebekah había visto alguna vez.

"Baja el cuchara y voltéate", dijo Rebekah severamente. El joven bajó lentamente la cuchara, pero antes de que lo bajara completamente, el helado comenzó a derretirse y gotear en el suelo junto a él. No había nada más terrible que ver helado ser desperdiciando, en especial el nuevo sabor.

"Oh, solo cómelo", Rebekah suspiró con frustración. "Date prisa antes de que toque el suelo", insistió. El muchacho tragó el helado que estaba en la cuchara. Luego se dio la vuelta con aire de culpabilidad para mirarla. Era el chico que había visto sentado fuera de la Tienda de Helados al principio del día. Su cabello estaba ahora muy revuelto y sus labios y mejillas estaban cubiertos con líneas de pegajoso helado.

"Así que fuiste tú", dijo Rebekah con frialdad mientras lo estudiaba. "De todas las personas de las que sospechaba, nunca pensé que sería otro niño. Claro, los adultos lo hicieron, pero yo, nunca. Porque sabía que todos los niños piensan en el helado como algo sagrado y nadie jamás acapararía todo para sí", ella cloqueó su lengua hacia el niño.

Capítulo 7

"La mayoría de los niños", dijo el muchacho con tristeza en sus ojos. "Tendría la oportunidad de probarlo".

"¿Qué quieres decir?" Rebekah le preguntó mientras se acercaba a él.

"Quiero decir que todos los años veo a todos los otros niños en la ciudad llegar a degustar el nuevo sabor de helado", suspiró mientras negaba con la cabeza. "Todos menos yo".

"¿Por qué tú no?" Rebekah preguntó con confusión.

"Yo no tengo dinero para comprar helado", él frunció el ceño y alejó el envase vacío de helado de él con una patada. "Este año, ahorré todo el año. Me aseguraría de probar el helado, pero cuando entré en la tienda de dólar y vi los relojes, sabía que realmente necesitaba un reloj en su lugar.

Siempre vuelvo a casa tarde y mi madre se enfada porque se preocupa por mí. Pero siempre estoy perdiendo la noción del tiempo. Así que compré el reloj", frunció el ceño. "Pero entonces estaba muy triste porque no iba a comprar nada de helado. Así que sí, me robé el helado, y sí, me comí hasta el último bocado. Nunca habría tenido la oportunidad de probarlo si no lo hacía".

Rebekah estaba sorprendida por sus palabras. Nunca había conocido a alguien que no tuviera suficiente dinero para comprar solo una porción de helado.

"Lo siento", dijo ella mientras negaba con la cabeza. "Pero todo lo que tenías que hacer era pedir".

"¿Te refieres a mendigar?", le espetó. "De ninguna manera", se cruzó de brazos rígidamente.

"Pedir no es lo mismo que mendigar, tontito", Rebekah frunció el ceño y cogió el envase vacío de helado. "Pero robar es malo, no importa cómo se mire".

El chico asintió con la cabeza un poco y se quedó mirando el recipiente vacío. "Lo sé. Yo solo quería probarlo. Estaba mirando por la ventana cuando él lo hizo. Lo vi agregar todos los ingredientes y sabía que iba a ser el mejor sabor de la historia".

Cuando se fue en la noche, una roca se quedó atascada en la puerta y no cerró completamente. No se dio cuenta, supongo. Solo iba a entrar y echar un vistazo. Quería ver cómo era. Pero una vez que estaba en el interior, pensé lo bonito que sería tener mi propio contenedor de helado".

"Bueno, vas a tener que decirle al Sr. Sprool la verdad", Rebekah insistió y señaló la calle hacia la Tienda de Helados.

"Bien, bien", él bajó la cabeza mientras se levantaba.

"¿Cuál es tu nombre de todos modos?" Rebekah preguntó mientras caminaban hacia la Tienda de Helados.

"Marcus", dijo con el ceño fruncido.

"Bueno, Marcus, solo dile al Sr. Sprool la verdad y que lo sientes. Esperemos que no te metas en demasiados problemas". Ella no estaba segura de eso. Marcus había robado todo un envase de helado, después de todo.

Capítulo 8

Cuando llegaron a la Tienda de Helados, el Sr. Sprool estaba a punto de cerrar. Vio a Rebekah y al joven, así que volvió a abrir la tienda.

"Hola, Rebekah", dijo con una sonrisa. "¿Quién es tu amigo?"

Marcus pasó su peso de un pie al otro. Estaba un poco asustado.

"Hola, Sr. Sprool", dijo él con tristeza. "Lo siento, pero tomé un recipiente de helado de su tienda".

"¿Lo hiciste?" el Sr. Sprool preguntó con sorpresa. Él miró de cerca al joven. "¿Por qué hiciste algo tan terrible?"

"Solo quería probar un poco", Marcus frunció el ceño. "Nunca puedo probar el nuevo sabor".

El Sr. Sprool se rascó la cabeza y miró severamente al muchacho. "Bueno, ahora nadie llegará a probarlo, porque perdí mi receta para el nuevo sabor. Si me lo hubieras pedido, habría dejado que lo probaras".

"Eso fue lo que dije", Rebekah señaló.

"Lo siento mucho", Marcus se quedó mirando el suelo. "No creía que fuera a causar tantos problemas".

"Robar siempre tiene consecuencias, jovencito", dijo el Sr. Sprool con un movimiento de su dedo. "Espero que esta es la última vez que lo hagas".

"Lo será", Marcus prometió y miró al Sr. Sprool de nuevo. "Creo que tal vez podría ayudar, si me lo permite".

"¿Ayudar cómo?", preguntó el Sr. Sprool con curiosidad.

"Miré por la ventana cuando hizo el nuevo sabor y vi todo lo que puso en él. Tal vez podría ayudar a hacer un nuevo lote", dijo esperanzado.

"¿Quieres decir que yo podría llegar a probar el nuevo sabor después de todo?", preguntó Rebekah alegremente.

"Está bien", asintió el Sr. Sprool. "Démosle una oportunidad".

Capítulo 9

Mientras el Sr. Sprool y Marcus trabajaban en el nuevo sabor, Rebekah corrió por la calle hasta volver a su vecindario. Corrió hasta la casa de Mouse. Sus piernas estaban ardiendo, estaba corriendo muy rápido. Sin aliento, ella golpeó a la puerta principal.

"¿Rebekah?", preguntó él con confusión mientras abría la puerta. "¿Qué es? ¿Qué está pasando?"

"¡Puede que lleguemos a probar el nuevo sabor después de todo!", dijo ella felizmente. "Date prisa y trae a Napolitano, sabes lo mucho que le gusta el sabor de la torta de queso. Podemos dejarlo comer afuera".

"De acuerdo", Mouse subió corriendo las escaleras para agarrar a su mascota y, como un rayo de luz, bajó de nuevo las escaleras. "Oh, no puedo esperar a probar ese nuevo helado", casi gritó mientras él y Rebekah empazaban a correr de nuevo hacia la Tienda de Helados.

"¡Encontré al ladrón de helados!" anunció entre jadeos de aire mientras corrían. "¡Ahora, él y el Sr. Sprool están haciendo un nuevo lote!"

Ambos patinaron hasta detenerse en la esquina de la calle y miraron para asegurarse de no venían coches en ninguna dirección.

"¿Qué? ¿Cómo sucedió eso?" Mouse preguntó con confusión.

"Trata de seguirme, Mouse", suspiró y luego explicó quién era el ladrón y por qué había robado el helado y la forma en que se había ofrecido a ayudar al Sr. Sprool a hacer más. Una vez que estaban seguros de que era seguro, se apresuraron a través de la calle.

"Nunca habría pensado que un niño robaría el helado", dijo Mouse con sorpresa. "¡Pero al menos resolviste el misterio!"

Capítulo 10

Cuando Rebekah abrió la puerta de la tienda de helados, Marcus y el Sr. Sprool apenas estaban saliendo a la zona principal de la tienda.

"¿Y bien?", preguntó Rebekah. Estaba sin aliento y sus mejillas estaban rojas de correr tan rápido.

"¡Lo logramos!", dijo el Sr. Sprool con una amplia sonrisa. "¿Listos para probar?" sonrió con entusiasmo a los tres niños.

"¡Sí, lo estamos!", dijo Mouse felizmente mientras que sacaba su cuchara especial. Era una cuchara que se reservaba solo para degustar el sabor más reciente en el primer día del verano. El Sr. Sprool colocó tres tazas de helado en el mostrador de metal.

"Gracias", dijo Rebekah mientras levantaba su taza y dejaba su dólar.

"Gracias", dijo Mouse mientras tomaba su taza y ponía su dólar.

Marcus se quedó inmóvil mirando la última copa de helado. "No tengo dinero", dijo con el ceño fruncido.

"Está bien, Marcus", dijo el Sr. Sprool y le entregó la taza. "A partir de ahora, cuando presente un nuevo sabor, todo el mundo tiene una taza gratis. ¡Nadie debería tener que pasar el verano sin una taza de helado!"

"¡Gracias!", dijo Marcus con una sonrisa y levantó el helado.

"¿Estás seguro de que puedes comer más?" Rebekah se rio mientras arqueaba una ceja.

"Una vez que lo pruebes, entenderás", dijo Marcus con un gesto de confianza. Se frotó el estómago como si fuera la cosa más deliciosa que había probado nunca.

"¡Hagámoslo!" dijo Mouse mientras deslizaba su cuchara en el helado. Era un extraño color púrpura rosáceo, un color de helado que

Rebekah no había visto nunca antes. También tenía pequeñas manchas marrones dentro. Pensó haber visto algo azul y blandito mezclado. Olía muy dulce, con un toque de chocolate. Ella le dio un pequeño bocado al helado y dejó que se derritiera en su lengua.

"Oh, delicioso", suspiró feliz. "¡Sabe a frambuesa, brownie y arándanos!"

"¡Eso es!", dijo el Sr. Sprool con una risa. "Siempre lo adivinas todos los años, Rebekah. "Es Bonanza de Frambuesa, Arándano y Brownie!"

"Creo que es delicioso", dijo Rebekah mientras tomaba otro bocado.

"Yo también", dijo Marcus con orgullo. "Estoy contento de haber tenido la oportunidad de hacerlo".

Mouse no podía decir una palabra. Su boca estaba demasiado llena.

"Estoy muy contento de que a partir de ahora todos tendrán la oportunidad de probar el nuevo sabor", añadió Rebekah mientras terminaba su helado.

"Y a partir de ahora preguntaré, en lugar de tomar lo que quiero", dijo Marcus con una sonrisa tímida.

Rebekah – Niña Detective #13
El
Muñeco de Nieve Fantasma

PJ Ryan

Rebekah - Niña Detective #13

El Muñeco de Nieve Fantasma

Capítulo 1

Rebekah estaba muy emocionada mientras lanzaba las últimas cosas que necesitaba empacar en su maleta. Ya estaba llena de suéteres extras, medias gruesas y unas pocas bufandas.

Estaba preparándose para salir en su viaje anual de esquí con su familia, pero no solo iban sus padres este año. Su primo RJ, que era unos años mayor, también iba en el viaje.

Ella estaba tan emocionada de verlo, no solo porque era su primo, ¡sino porque él le había enseñado todo lo que sabía acerca de ser una niña detective!

RJ también era un detective y resolvía misterios en medio de la gran ciudad donde vivía. Rebekah y RJ no llegaban a verse con demasiada frecuencia durante el año escolar, por lo que este viaje de esquí era un regalo muy especial.

Rebekah no podía esperar para contarle acerca de todos los misterios que había resuelto en su pequeño pueblo, donde era conocida como la mejor detective de los alrededores.

Cuando recogieron a RJ en la ciudad, él también estaba emocionado.

"¡Hola, Rebekah!" dijo alegremente mientras subía en el coche a su lado. "Veo que estás lista para las pistas", se rio mientras tiraba de las orejeras de color rosa brillante que ella llevaba puestas.

"Vamos a tener que mantener el calor", dijo Rebekah con una sonrisa. "Toma, tengo unas para ti también", se rio. "Harán juego con tu sombrero".

RJ siempre llevaba un sombrero de detective. Los tenía en muchos colores diferentes. Como un niño detective experimentado, RJ estaba siempre en la búsqueda de misterios, al igual que Rebekah.

"¿Crees que encontraremos un misterio en la cabaña de esquí?" Rebekah preguntó con una sonrisa.

"No lo sé", respondió RJ con un encogimiento de hombros. "Pero si lo hacemos, ¡estoy seguro de que seremos capaces de resolverlo!"

El camino para llegar a la cabaña de esquí era bastante largo. Tenían que conducir por carreteras curvas, que se hacían más y más altas mientras conducían. Rebekah y RJ ni siquiera notaron la distancia, ya que estaban hablando todo el tiempo.

RJ le contó de Joey, su amigo, con quien resolvía misterios. Rebekah le habló acerca de los misterios que había resuelto en la escuela. Entonces, los dos hablaron sobre el Club Secreto de Mouse Club, al que ambos pertenecían.

Mouse, el mejor amigo de Rebekah, comenzó el club. Todo era sobre hacer bromas.

Para el momento en que estaban cerca de la cabaña de esquí, RJ y Rebekah estaban riéndose en voz alta en el asiento trasero del coche. La madre de Rebekah miró a través del espejo retrovisor y sonrió.

"Ni siquiera hemos llegado y ya están pasando un buen momento", ella sonrió felizmente.

"No puedo esperar a subir a las pistas", dijo el padre de Rebekah. "También se supone que tendremos un poco de nieve mientras estamos allí, niños", dijo por encima del hombro. "Así que podrán construir algunos muñecos de nieve".

"Estamos muy mayores para construir muñecos de nieve", dijo Rebekah con un suspiro.

"Nadie es muy mayor para construir muñecos de nieve", dijo la madre de Rebekah y se echó a reír.

Capítulo 2

Cuando llegaron a la cabaña de esquí, el sol brillaba. Hacía que la nieve brillara. No había nada que le gustara más a Rebekah que la vista del sol brillando sobre la nieve. Todavía había tiempo de sobra para que fueran a las pistas y Rebekah no podía esperar.

"Chicos, sigan adelante e instálense, guarden sus cosas; luego, ¡arreglamos para que se reúnan con un instructor y así puedan esquiar de inmediato!" dijo el papá de Rebekah mientras le entregaba a cada uno sus maletas.

"Papá, no necesitamos un instructor de esquí", Rebekah frunció el ceño con impaciencia. "Ya sabemos cómo esquiar".

"Es importante tener un buen recordatorio", dijo su padre con severidad. "Si quieres esquiar, tienes que ir a la clase. ¿Entienden?", miró a Rebekah, luego a RJ, y a Rebekah de nuevo.

"Sí, papá", dijo Rebekah con un suspiro. Se apresuraron a guardar sus cosas en la cabaña de tres dormitorios que los padres de Rebekah habían alquilado para el fin de semana. Había mucho espacio, y la chimenea en la sala de estar mantenía toda la cabaña calentita.

Se envolvieron en sus abrigos y pantalones de esquí y se apresuraron para ir a la pista de conejito. Allí era donde su instructor estaba esperándolos.

Rebekah pensó que era un poco extraño porque llevaba un alto sombrero de nieve muy peludo con grandes orejas con forma de orejas de perro colgando a un lado.

"Hola, soy Matt, yo seré su instructor de esquí", dijo alegremente mientras miraba a Rebekah y RJ.

"Realmente no necesitamos mucha instrucción", explicó Rebekah. "Hemos esquiado antes".

Ella quería salir a las pistas lo más pronto posible.

"Bueno, siempre es bueno repasar las reglas de seguridad", dijo Matt con firmeza, aunque seguía sonriendo alegremente. "¡Así que hagamos nuestro mejor esfuerzo para prestar atención y seguir las reglas!" Cuando aplaudió con las manos, las orejas colgantes en su sombrero se sacudieron de atrás a adelante.

Rebekah le lanzó una mirada divertida a RJ. RJ le anzó una mirada divertida de regreso a Rebekah. Luego, ambos miraron a Matt.

Capítulo 3

"Bien, hay tres grandes reglas de seguridad para la pista de esquí", dijo Matt alegremente, sus orejas aún aleteaban. "En primer lugar, los silbidos", dijo mientras sostenía dos silbatos amarillos brillantes en collares. "Es fácil perderse en las pistas, especialmente si está nevando. Así que ustedes dos tienen que asegurarse de usar estos en todo momento", dijo con firmeza y les entregó a cada uno de los silbatos.

"Gracias", dijo Rebekah y se puso el collar. RJ trató de ponerse el suyo, pero se atascó en su sombrero. Tiró más fuerte y finalmente pasó por el sombrero.

"Gracias", dijo rápidamente. "¿Ahora podemos empezar a esquiar?"

"Espera un minuto, hombrecito", dijo Matt con una sonrisa y levantó las manos enguantadas en el aire.

"¿Hombrecito?" RJ le susurró a Rebekah con el ceño fruncido. Ella trató de no reírse.

"Hay otras reglas de las que tenemos que hablar", dijo Matt mientras se paseaba de un lado a otro delante de ellos.

"Ahora, la mayor parte del tiempo que estarán en las pistas, estarán en los esquís. Pero, si sucede que están caminando en las pistas en lugar de estar esquiando, por favor, tenga mucho cuidado. Las pistas son muy resbaladizas. ¡Un paso en falso y podrían encontrarse rodando todo el camino hasta el fondo!" negó con la cabeza al decir esto.

"Eso suena divertido", dijo Rebekah con una sonrisa.

"No", Matt negó con la cabeza de nuevo. "No es divertido, es peligroso, damita", dijo y la señaló directamente con el dedo. Los ojos de Rebekah se agrandaron. Cuando Matt se dio la vuelta, miró a RJ.

"¡¿Damita?!" ella volteó los ojos. RJ trató de no reírse.

"Ahora, la última regla es la regla más importante", dijo Matt con severidad mientras se volteaba. "Estas pendientes son grandes. Hay un montón de árboles por aquí. Es muy fácil perderse. Por eso, siempre hay que tener un compañero cuando se esquía. Siempre", añadió mientras los miraba a los dos. "Ustedes deben esquiar juntos y permanecer juntos en todo momento", dijo con severidad. "¿Entendido?"

RJ y Rebekah asintieron. Estaban familiarizados con todas las normas de seguridad, por lo que no era difícil para ellos recordarlas de nuevo.

"Ah y hay una última cosa", dijo Matt mientras se volteaba de nuevo hacia los dos, quienes trataban de no reírse de los comentarios de su instructor. "Nunca, nunca", miró a los ojos de Rebekah y luego a los de RJ. "Y quiero decir nunca, salgan a la calle después de que oscurezca", dijo en un tono muy serio acompañado por un ceño sombrío.

"¿Qué?" preguntó RJ con escepticismo. "¿Por qué?", estudió a Matt.

"Oh, ¿no has oído?" Matt preguntó en un susurro grave. Movió sus cejas un poco.

"¿Oído que?" Rebekah preguntó con una ceja levantada.

"Acerca del muñeco de nieve fantasma", dijo Matt, todavía susurrando. "Eso no me sorprende. A la mayor parte del personal que trabaja aquí no le gusta hablar de ello, pero no me gustaría que ustedes dos se encontraran con él por error".

"¿Un muñeco de nieve fantasma?" RJ se rio a carcajadas de eso. "Eso no es posible. Ni siquiera tiene sentido".

"Cree lo que quieras", Matt se encogió de hombros mientras miraba a RJ. "Pero si no tienen cuidado, podría atraparlos".

"¿Atraparnos?" Rebekah se estremeció un poco. "¿Por qué un muñeco de nieve fantasma querría atraparnos?"

136

"Bien, supongo que tendré que contar toda la historia", dijo Matt con el ceño fruncido. "Verán, hace mucho tiempo, antes de que este lugar tuviera cabañas para esquiar, había un fantasma que vivía aquí. Un muñeco de nieve fantasma", añadió.

"Porque eso tiene sentido", RJ volteó la mirada. Rebekah le dio una patada con su bota de esquí.

"Solo escucha", le susurró.

Capítulo 4

"La historia cuenta que había una vez un viejo solitario que se perdió en medio de una tormenta de nieve. Se convirtió en un muñeco de nieve y vagó por las pistas. Cuando se construyeron las cabañas de esquí, el muñeco de nieve fantasma se enojó. No le gustaban los golpes y todas las personas que perturbaban su nieve", explicó Matt.

"Así que decidió que comenzaría a capturar personas de las cabañas de esquí. Pensó que si suficientes personas desaparecieron, las cabañas tendrían que cerrar", Matt se encogió de hombros como si tuviera sentido para él.

"Pero todavía están abiertas", Rebekah señaló. Encontraba la historia interesante, pero no la creía.

"Bueno, después de que las primeras personas fueron encontradas temblando en el frío, se le dijo a todo el mundo que no saliera de las cabañas de esquí por la noche".

El muñeco de nieve fantasma solo puede capturar gente por la noche, porque nunca sale durante el día. Ya saben, los muñecos de nieve y el sol no se llevan bien", explicó Matt. "Así que todavía hoy advertimos a todos los que se quedan aquí que no salgan por la noche".

Rebekah inclinó la cabeza hacia un lado mientras pensaba en la historia. Estaba bastante segura de que un muñeco de nieve fantasma querría evitar el sol si era posible. Sin embargo, era difícil de creer.

RJ suspiró y miró a Matt. "¿Ya podemos esquiar?"

"Claro que sí", dijo Matt con un encogimiento de hombros. "Solo recuerden, ¡no salgan por la noche!" Matt dijo en una voz misteriosa.

"Lo recordaremos", dijo Rebekah, pero sus ojos brillaban de emoción. Mientras buscaban sus esquís, ella le susurró a RJ. "¡Suena como un misterio para mí!"

"Los fantasmas no son un misterio", RJ negó con la cabeza mientras se colocaba sus esquís.

"No existen".

Capítulo 5

RJ y Rebekah decidieron hacer una carrera por las pistas de esquí. Rebekah tenía un poco más de experiencia esquiando, pero RJ era un poco más grande y pesado que ella. Así que la carrera estaba bastante cerrada.

Cuando llegaron a la parte inferior de la colina, no importaba quién ganó. Volvieron a subir la colina para correr de nuevo.

Se divirtieron un montón, pero todo el tiempo, la mente de Rebekah estaba en el muñeco de nieve fantasma.

La madre de Rebekah estaba esperando con un poco de chocolate caliente. Uno con malvaviscos para Rebekah y uno con canela para RJ.

Mientras RJ y Rebekah bebían chocolate caliente y se calentaban en frente del fuego, charlaban sobre la diversión que tuvieron esquiando.

"¿Pero puedes creerle a ese instructor de esquí?" RJ rio. "¿Quién ha oído hablar de un muñeco de nieve fantasma?"

"Bueno, si él nos habló al respecto, apuesto que otras personas lo creen también", Rebekah sonrió con un brillo en sus ojos. "¿Qué daño podría hacer investigar?"

"Rebekah, no estás realmente pensando que hay un muñeco de nieve fantasma, ¿verdad?" preguntó RJ con una expresión de desaprobación.

"Tal vez no", Rebekah se encogió de hombros. "Pero parece que puede haber algunas personas que creen que hay un muñeco de nieve fantasma. ¿Por qué no deberíamos investigarlo?

¡Estamos aquí!"

"Buen punto", RJ rio. "Supongo que podríamos comprobarlo. Él dijo que el muñeco de nieve fantasma solo sale de noche, por lo que tendremos que salir después de que anochezca".

"Yo digo que tomemos una siesta rápida y luego nos escapemos después de que anochezca", dijo Rebekah con un movimiento de cabeza.

"Habrá frío", RJ le recordó.

"Bueno, para eso tenemos estas encantadoras orejeras", Rebekah rio.

"Otro buen punto", RJ sonrió y tomó un gran trago de su chocolate.

"¿No está caliente?" Rebekah preguntó con los ojos muy abiertos.

"Sí, sí lo está", RJ chilló. Sus mejillas estaban muy rojas. Después de que terminaron su chocolate, se fueron a sus habitaciones para ver si podían dormir un poco antes de salir a investigar el misterio del muñeco de nieve fantasma.

Capítulo 6

Cuando Rebekah se acostó en su cama, tuvo dificultades para conciliar el sueño al principio. Estaba emocionada por ir a investigar con RJ, ya que era algo que no llegaba a hacer muy a menudo.

También tenía curiosidad sobre el muñeco de nieve fantasma. Al igual que RJ, ella realmente no creía en fantasmas, pero estaba segura de que tenía que haber una historia detrás de la historia del fantasma. Tal vez era una especie de animal raro que nadie había descubierto antes.

¡Si ella y RJ eran capaces de capturarlo, podían salir en las noticias! Tal vez era un yeti, una extraña criatura que se dice vaga por áreas muy nevadas, o tal vez era solo otra historia de fantasmas.

Mientras repasaba todas estas ideas, finalmente se quedó dormida.

Mientras Rebekah dormía, soñaba con estar en las pistas por sí sola. Ella estaba en medio de una tormenta de nieve. Todo era blanco a donde fuese que viera. No solo era blanco, estaba muy, muy frío. El viento soplaba fuerte y la nieve se arremolinaba a su alrededor.

"¡Rebekah!", oyó una voz que la llamada de los remolinos de nieve. "¡Rebekah!"

"¿Dónde estás?" Rebekah le gritó. Trató de ver a través de la nieve, pero seguía entrando en sus ojos. Ella tenía mucho frío.

De repente se dio cuenta de que llevaba un traje de baño y chanclas. ¡No era de extrañar que tuviera tanto frío! Todavía se preguntaba por qué había elegido usar ropa de verano en pleno invierno, cuando oyó la voz de nuevo.

"¡Rebekah!" la voz gritó. Rebekah estaba segura de que era el hombre de nieve fantasma llamándola. ¡Tenía que encontrarlo! Mientras corría por la nieve, seguía escuchando su nombre una y otra vez.

"¡Rebekah!" el muñeco de nieve fantasma sonaba molesto porque ella no lo había encontrado.

"Rebekah", ahora se parecía bastante a RJ. Rebekah abrió los ojos y miró directamente a la cara de RJ.

"Vaya, tienes el sueño profundo", dijo con un movimiento de cabeza. "He estado tratando de despertarte durante cinco minutos".

"Lo siento", dijo Rebekah adormilada mientras se aseguraba de que realmente no llevaba puesto su traje de baño.

"Es hora de irnos", dijo él en un susurro. "Tus papás están dormidos y yo tengo las linternas".

"Bien", Rebekah asintió y se frotó los ojos por un minuto. "Tenemos que asegurarnos de abrigarnos".

Una vez que tenían algunos suéteres, chaquetas gruesas y pantalones de esquí, estaban listos para escaparse.

"No estoy segura de que cabré por la puerta", Rebekah se rio en voz baja, ya que estaba tan abrigada que apenas podía cruzar los brazos.

"Shh" RJ le recordó. "No queremos ser atrapados antes de que lleguemos a la puerta".

Rebekah asintió.

Capítulo 7

Una vez fuera, el frío los golpeó fuertemente. Rebekah deseaba haberse puesto un pasamontañas para mantener su cara caliente. Ella se bajó el sombrero y se ajustó las orejeras.

RJ arregló su sombrero de detective y presionó sus orejeras con fuerza contra sus oídos.

"Quédate cerca de mí", dijo con severidad. RJ solo era un poco mayor que Rebekah, pero a él le gustaba actuar como si estuviera a cargo. A Rebekah no le importaba, no estaba más que contenta de resolver otro misterio con él.

Mientras caminaban a través de la nieve hacia las pistas de esquí, Rebekah estaba asombrada por lo claro y brillante que estaba el cielo. Había un montón de estrellas a la vista. Se alegró de que no se las habían perdido. RJ y Rebekah encendieron sus linternas para asegurarse de que no iban a tropezar con nada.

"¿Por qué crees que la gente piensa que es un muñeco de nieve fantasma?" Rebekah preguntó con el ceño fruncido. "Es una cosa extraña a considerar como un fantasma".

"Mira", RJ apuntó con su linterna hacia los árboles. "¿Ves eso?", preguntó en un susurro.

Rebekah apuntó su linterna en la misma dirección. Vio lo que parecía el contorno de una figura. Una figura muy redonda.

"¡Es el fantasma!", dijo Rebekah con sorpresa. "¡Lo encontramos rápido!", se rio.

"Se ve como un fantasma", RJ concordó mientras caminaba valientemente hacia ello. "Pero en realidad es solo un muñeco de nieve", dijo al llegar a él. "¿Ves?", apuntó a la nariz de zanahoria que sobresalía de la cara del muñeco de nieve.

"La gente probablemente los detecta por la noche y piensa que son fantasmas, cuando en realidad son solo muñecos de nieve dejados por la gente durante el día", él negó con la cabeza con una sonrisa. "¡Misterio del muñeco de nieve fantasma resuelto!"

"Bueno, no era un gran misterio", Rebekah frunció el ceño con decepción.

"¿De verdad creíste que habría un fantasma que encontrar?", preguntó RJ. Puso su linterna bajo su barbilla para que su rostro resplandeciera. "¡Cuidado, Rebekah! ¡Soy un fantasma! ¡Voy a atraparte!" Hizo buuu como un fantasma.

Rebekah volteó los ojos y tomó un poco de nieve en sus manos enguantadas. Ella lo aplastó en forma de bola de nieve y se la lanzó a RJ. Él jadeó y fue a recoger algo de nieve para lanzársela de regreso, cuando Rebekah se congeló.

Capítulo 8

"Shh, escucha", dijo Rebekah mientras agarraba el brazo de RJ. Él se detuvo y escuchó con atención. "¿Escuchas eso?" preguntó Rebekah. Ambos oyeron un crujido.

"Suena como pasos", RJ susurró y miró por encima de su hombro. "No puedo ver a nadie".

"¡Tal vez sea el muñeco de nieve fantasma!" Rebekah jadeó y agarró el brazo de RJ con más fuerza.

"Rebekah", RJ suspiró y entrecerró los ojos. "Los fantasmas no tienen pies. ¿Cómo podrían hacer los sonidos de pasos?"

"Tal vez este los hace", dijo Rebekah con el ceño fruncido. "¿Qué otra cosa podría ser?"

"No lo sé", RJ frunció el ceño. "Pero vamos a echar un vistazo".

Rebekah y él se dirigieron hacia el sonido de los pasos. Cuanto más se acercaban al sonido, más nerviosa se ponía Rebekah. Ella normalmente no creía en fantasmas, pero la forma en que Matt había hablado del muñeco de nieve fantasma la hizo dudar.

De repente, el crujido se detuvo. RJ alumbró con su linterna todo el suelo cubierto de nieve.

"Mira", dijo RJ en voz baja mientras iluminaba con la linterna en un solo lugar.

"¿Qué es?" preguntó Rebekah mientras miraba más de cerca. "¡Pisadas!", se quedó sin aliento.

Había varias en la nieve. "Deben pertenecer al muñeco de nieve fantasma".

"Rebekah…" RJ empezó a decir.

"RJ, silencio", Rebekah insistió. "Sigamos las huellas, tal vez encontremos al fantasma, o lo que sea que hizo las huellas que no es un fantasma", ella volteó sus ojos. RJ asintió y comenzó a seguir las huellas. No oyeron más el crujido, pero, de repente, oyeron otro sonido extraño. Era un aullido.

"Oh, eso suena fantasmal", dijo Rebekah con un escalofrío.

"Creo que quieres decir espantoso", RJ la corrigió.

"No, quiero decir fantasmal", dijo Rebekah mientras el aullido volvía.

"No creo que sea un fantasma", dijo RJ. "Pero suena bastante extraño". Rebekah asintió con la cabeza. Continuaron siguiendo los pasos por un rato antes de escuchar el aullido de nuevo, solo que esta vez era más fuerte. Era tan fuerte que hizo saltar a Rebekah. Ella iluminó con su linterna en la dirección de los aullidos.

"Ahí está otra vez", murmuró. "Ese fantasma es ruidoso".

"No puede ser un fantasma", RJ insistió con un pisotón de su pie.

"Bueno, vamos a ver qué es", Rebekah sugirió valientemente. "Las huellas han desaparecido de todos modos", Rebekah señaló mientras iluminaba el suelo con su linterna. "Aquí debe ser donde el fantasma se detuvo y comenzó a flotar".

"O podría ser que alguien se puso sus esquís y comenzó a esquiar", RJ sugirió mientras señalaba con su linterna algunas pistas de esquí no muy lejos de las huellas.

"Tal vez", Rebekah inclinó su cabeza de lado a lado mientras lo consideraba.

El siguiente aullido parecía gritar justo sobre sus cabezas. Fue suficiente para llamar su atención de nuevo.

Rebekah se agachó y miró hacia el cielo. "Sea lo que sea, creo que mejor encontramos de dónde viene, antes de que nos encuentre".

"Buena idea", RJ asintió.

Capítulo 9

Comenzaron a caminar en dirección al sonido del aullido. Mientras caminaban hacia el aullido, todas las hojas de los árboles a su alrededor comenzaron a temblar.

Estaban crujiendo fuertemente. Era un poco extraño. Rebekah apuntó su linterna hacia las ramas del árbol.

"¿Qué crees que está pasando allá arriba?", preguntó con el ceño fruncido.

"Probablemente solo sea el viento", RJ se encogió de hombros y luego se estremeció. "¡Hace bastante frío cuando sopla el viento!"

"Lo sé, ojalá hubiéramos usado pasamontañas", Rebekah también se estremeció y apretó el cuello de su chaqueta alrededor de su cuello. Mientras Rebekah estaba hablando, los dos vieron una figura no tan lejos. Era difícil saber qué tan lejos estaba de ellos porque estaba muy oscuro.

"Uh, ¿crees que eso es otro muñeco de nieve?" Rebekah preguntó en un susurro.

"No tan lejos de la cabaña", RJ susurro. Mientras miraban, la figura comenzó a moverse hacia ellos. Oyeron un estridente silbido.

"¡Ah!" Rebekah se escondió detrás de RJ por el sonido extraño.

"Aunque yo no creo en fantasmas", dijo RJ con toda la calma que pudo. "¡Creo que este podría ser un buen momento para correr!"

Rebekah estuvo de acuerdo con él, y los dos comenzaron a correr tan rápido como pudieron.

Los haces de sus linternas se mecían sobre la nieve. Esto hacía al aullido aún más fantasmagórico.

Finalmente, tuvieron que reducir la velocidad y recuperar el aliento. Rebekah se apoyó en un árbol cercano y miró a su alrededor para ver si el fantasma, o lo que fuera, seguía detrás de ellos. Podía oír el crujido, pero no veía nada. Lo que tampoco veía eran las cabañas de esquí.

"¿Uh, RJ?" Rebekah dijo en un susurro.

"¿Qué?" jadeó él ya que todavía estaba tratando de recuperar el aliento.

"¿Sabes cuál camino tomar para regresar a las cabañas?" preguntó ella con nerviosismo.

"Solo caminemos hacia ellas", dijo RJ con un encogimiento de hombros. Luego miró en la dirección en que Rebekah estaba mirando. Solo vio un cielo vacío, árboles y mucha nieve. "Oh, oh", murmuró. "¿Crees que estamos perdidos?"

"No podemos estar perdidos", dijo Rebekah firmemente. "Oye, mira", apuntó la linterna hacia la nieve. "Podemos solo seguir nuestras huellas de regreso a la cabaña".

"Buena idea, Rebekah", dijo RJ con una sonrisa orgullosa. "Nunca habría pensado en eso".

Capítulo 10

Mientras seguían sus pasos, no oyeron más el aullido. Los árboles tampoco estaban crujiendo fuertemente. En realidad, estaba bastante tranquilo. Habían caminado durante algunos minutos, cuando de repente escucharon de nuevo el aullido.

"¡Ehh!" Rebekah se escondió detrás del árbol más cercano. RJ también se agachó detrás de él.

Las hojas del árbol ahora crujían ruidosamente, como si les advirtieran que tuvieran cuidado.

"¿Cómo vamos a volver a las cabañas de esquí?" susurró Rebekah.

"Solo espera, el aullido se detuvo antes, estoy seguro de que lo hará de nuevo", RJ susurró.

Esperaron durante unos minutos mientras el aullido se hacía más y más fuerte. Cuando el aullido comenzó a apagarse, suspiraron con alivio.

"Por fin, salgamos de aquí", dijo Rebekah y comenzó a salir de detrás del árbol. Pero antes de que pudiera hacerlo, oyeron el crujido de nuevo. Esta vez fue mucho más fuerte. RJ haló a Rebekah detrás del árbol.

"Quédate atrás", susurró. Por primera vez, RJ estaba un poco asustado.

"¿Sabes qué? No voy a aguantar esto", dijo Rebekah con el ceño fruncido y se puso las manos en las caderas. "Ningún fantasma va a asustarme", dijo con severidad.

"¿Qué tienes en mente?" preguntó RJ mientras la miraba con curiosidad.

"Creo que hay que asustar al fantasma primero", Rebekah respondió con una sonrisa.

"Inteligente", RJ se rio entre dientes.

"Ven, escóndete detrás de este árbol", Rebekah instruyó mientras ella se agachaba detrás de un árbol grande. RJ hizo lo mismo y pronto ambos estaban muy bien escondidos por el grueso tronco del árbol. Escucharon cómo el crujido se acercaba a ellos. Todavía podían oír los aullidos, a pesar de que no parecían estar moviéndose con el fantasma.

"Espera mi señal", Rebekah susurró mientras se quedaban agachados.

"Bien, creo", RJ sonrió mientras miraba por el lado del árbol. Él todavía estaba seguro de que no existían los fantasmas, mucho menos un muñeco de nieve fantasma.

"¿Listo?" Rebekah susurró. "Vamos a saltar y asustarlo cuando diga 'ya', ¿de acuerdo?"

"De acuerdo", RJ asintió y se preparó para saltar.

Capítulo 11

"¡Ya!" Rebekah gritó de repente, se puso de pie y saltó desde detrás del árbol. RJ estaba justo detrás de ella. Él rugió y ella gritó "¡Buu!"

La figura delante de ellos dejó escapar un grito salvaje. Luego, se resbaló en la nieve y comenzó a rodar por la pista de esquí. Se lamentó todo el tiempo mientras bajaba por la nieve.

"¡Mira cómo va!" Rebekah se quedó sin aliento. "¡No puedo creer que realmente asustamos a un fantasma!"

"No puedo creer que en realidad era un fantasma", dijo RJ con los ojos muy abiertos. "Date prisa, tal vez podamos atraparlo", dijo.

Comenzó a correr con cuidado por la pendiente. Rebekah le siguió, teniendo mucho cuidado de no resbalar. Cuando llegaron a la parte inferior de la pista, encontraron lo que parecía ser un muñeco de nieve en una pila en el suelo.

"Uh", el hombre de nieve gimió. Rebekah y RJ retrocedieron un poco. El muñeco de nieve comenzó a sentarse. Se sacudió el polvo y comenzó a ponerse de pie.

"Oh, oh", Rebekah le susurró a RJ. "¡No creo que los muñecos de nieve sean capaces de ponerse de pie y moverse así! ¡Tal vez deberíamos correr!"

"¡No!" el muñeco de nieve fantasma dijo bruscamente y comenzó a tropezar hacia ellos. "¡No corran! ¡Ustedes dos quédense ahí!" gruñó y continuó sacudiéndose el polvo.

Capítulo 12

A medida en que más y más de la nieve se sacudía de sus voluminosos pantalones y chaqueta de esquí, Rebekah y RJ comenzaron a darse cuenta de que no era un muñeco de nieve en absoluto.

De hecho, tampoco era un fantasma. Era Matt, ¡su instructor de esquí!

"¡Matt!" Rebekah quedó sin aliento y miró a RJ, quien estaba igual de sorprendido de ver a Matt.

"¡No sabíamos que eras tú!" RJ frunció el ceño mientras Matt se quitaba el pasamontañas y sacudía la nieve de él.

"Bueno, espero que no", Matt gruñó. "Porque estoy seguro de que si supieran que era yo, ¡no me habrían gritado y hecho rodar cuesta abajo!" dijo con brusquedad. Tenía sus manos en las caderas y no se veía muy feliz de haber sido asustado en la pista de esquí.

"¿Qué estás haciendo aquí afuera?" Rebekah preguntó con sorpresa.

"¿Qué estoy haciendo yo aquí?" Matt exigió. "¿Qué están haciendo ustedes aquí? Los vi a los dos deambulando y me preocupaba que se perdieran, así que traté de alcanzarlos".

"Estábamos buscando el muñeco de nieve fantasma", RJ explicó con un suspiro. "No sabíamos que eras tú".

"Saben, niños, esa historia estaba destinada a evitar que pasearan por las pistas de esquí en la noche. ¡No para inspirarles a pasear por las pistas de esquí en la noche!" él negó con la cabeza mientras se ponía su pasamontañas de nuevo. "¿Qué clase de niños va a la caza de un fantasma en lugar de temerle?" exigió.

"Bueno, uh, no solo somos niños", Rebekah explicó con una sonrisa. "Somos detectives".

"Los mejores detectives", añadió RJ. "Solo queríamos resolver el misterio".

"Bueno, lo han resuelto", Matt suspiró. "No hay muñecos de nieve fantasma. Solo quería mantenerlos a salvo. Supongo que no hice un buen trabajo".

"Claro que lo hizo", dijo Rebekah con una sonrisa. "RJ y yo usamos el sistema de amigos todo el tiempo. Caminamos con cuidado en las pistas. Incluso nos aseguramos de llevar nuestros silbatos", ella le mostró el silbato que colgaba alrededor de su cuello.

"Bueno, supongo que el único que no estaba a salvo era yo", Matt rio. "Cuando vi el viento que había y el frío que hacía y oí el aullido del viento a través de las montañas, no quería que los dos estuvieran aquí solos. Incluso usé mi silbato para llamar su atención. Pero admitiré que cuando saltaste de esa manera, de seguro me asustó. Esa fue una larga caída por la colina", añadió con una sonrisa y un gemido.

"Se veía divertido", dijo Rebekah mientras comenzaban a caminar hacia las cabañas. "¿Fue divertido?"

"Yo no lo recomendaría", Matt se rio y negó con la cabeza. Él los llevó de vuelta a la estación de esquí. Rebekah estaba contento de entrar en calor.

A pesar de que había sido un poco terrorífico resolver el misterio del muñeco de nieve fantasma, se alegraba de haber tenido la oportunidad de ser un detective con RJ una vez más.

Rebekah – Niña Detective #14

Negocios de Monos

PJ Ryan

Rebekah - Niña Detective #14

Negocios de Monos

Capítulo 1

Los viajes de campo eran, por mucho, la parte favorita de Rebekah de la escuela. Era una oportunidad para estar fuera de la escuela con sus amigos y siempre iban a lugares interesantes.

Ellos iban al zoológico para su viaje de campo y Rebekah estaba bastante emocionada. Su madre le había dado una nueva cámara para utilizar en el viaje porque quería ver un montón de fotos de los animales.

Mouse también estaba emocionado, sobre todo porque no tenían una exposición especial de las Ratas Saltarinas de Malgache. Rebekah estaba un poco nerviosa ante la idea de ratas saltarinas, pero estaba emocionada porque su mejor amigo, Mouse, estaba emocionado.

De primero en la lista para ver de Rebekah estaba un joven mono que había nacido solo unas pocas semanas antes. El zoológico había hecho una gran celebración de la bienvenida al bebé, e incluso realizó un concurso para ver quién podía darle nombre.

Fue muy divertido formar parte del concurso y Rebekah estaba ansiosa por ver el nombre que le habían dado al mono.

En el viaje en autobús hasta el zoológico, ella y Mouse hablaron sobre los diferentes animales que iban a ver. Rebekah también jugaba con su nueva cámara. Estaba tomando una foto de Mouse cuando su ratón mascota asomó la cabeza fuera de su bolsillo.

"Oh, no, ¿trajiste un ratón?" Rebekah siseó para que los profesores no pudieran oír.

"¡Él no quería perdérselo!"Mouse dijo con el ceño fruncido. "No te preocupes, es Gabe, a él le gusta ser muy tranquilo y ocultarse en mi bolsillo".

"Eso espero", Rebekah frunció el ceño. "Porque si se suelta en el zoológico, va a ser muy difícil encontrarlo".

"Lo sé", Mouse asintió.

Capítulo 2

Cuando llegaron al zoológico, los maestros los emparejaron con compañeros. Rebekah eligió a Mouse, por supuesto, y salieron a ver los animales.

Mientras caminaban por el zoológico, Rebekah estaba mirando un mapa que le habían entregado en la entrada. Quería llegar a la sección de mono tan pronto como pudiera, porque sabía que estaría muy concurrida.

Mouse también estaba mirando un mapa y empezó a caminar en la dirección opuesta, hacia la zona de los roedores.

"¡Permanezcan juntos, niños!" la Sra. Duncan dijo detrás de ellos. Su voz era muy fuerte porque había traído un megáfono. Rebekah y Mouse miraron al mismo tiempo para ver que estaban caminando muy separados.

"Ups", Rebekah rio mientras caminaba hacia Mouse. "Lo siento, quería ver a los monos".

"Oh", Mouse frunció el ceño con decepción. "Tenía la esperanza de ver a las Ratas Saltarinas de Malgache primero".

Rebekah frunció el ceño también. Ella realmente quería ver a los monos, pero sabía que Mouse estaba entusiasmado por las ratas.

"Está bien, iremos a ver a las ratas primero", Rebekah asintió. "¡Pero tienes que dejarme tomarte una foto con los monos!"

"Muy bien", Mouse sonrió. Mientras se apresuraban hacia la sección de roedores del zoológico,

Rebekah casi chocó con un niño que estaba corriendo en la dirección opuesta.

"Disculpa", dijo Rebekah haciéndose a un lado para que no se chocaran.

"Lo siento", murmuró él y se apresuró. Rebekah se dio cuenta de que llevaba un montón de bananas. Era un aperitivo extraño que llevar al zoológico, pero ella solo se encogió de hombros y siguió a Mouse.

Mientras Mouse hacía "oh" y "ah" por las ratas saltarinas, Rebekah tomaba fotos de ellas y otros animales cercanos. Ella incluso tomó una foto de uno de los maestros corriendo de las jaulas de leones.

No fue hasta que Rebekah se dio la vuelta que se dio cuenta de que Mouse estaba apoyado muy por encima del lado de la exhibición de las ratas.

"¡Mouse!" Rebekah chilló y corrió hacia él. Llegó justo a tiempo y atrapó a Gabe antes de que pudiera caerse.

"Ups", Mouse tomó a Gabe y lo metió en su bolsillo. "Lo siento, Rebekah", sonrió tímidamente.

"Solo mantenlo allí", dijo Rebekah firmemente. "¿Ya podemos ir a ver a los monos?" preguntó esperanzada.

"Claro", Mouse asintió. "¿Te importaría tomarme una foto con las ratas?" preguntó.

"No hay problema", Rebekah estuvo de acuerdo. Dio unos pasos hacia atrás y esperó a que una de las ratas saltara. Luego, tomó una fotografía de Mouse, con una rata por encima del hombro y un ratón sacando la cabeza fuera de su bolsillo. Tenía que admitir que se veía bastante divertida.

Decidió tomar una foto más, pero antes de que pudiera hacerlo, el mismo chico con quien casi había chocado antes pasó justo en frente de la cámara. Tenía su chaqueta enrollada entre sus brazos.

"Lo siento, lo siento", dijo él mientras se apresuraba a través de la imagen. Rebekah estaba tan sorprendida que accidentalmente tomó la foto.

"Una más", Rebekah suspiró. Mouse estaba cansando de sonreír, pero se las arregló para mantenerla el tiempo suficiente para que Rebekah pudiera conseguir otra buena foto. Mientras caminaban hacia los monos, Rebekah todavía estaba un poco molesta.

"Ese muchacho fue tan grosero", dijo con el ceño fruncido. "No tenía que pasar justo en frente de la cámara. Podría haber pasado por detrás. ¿Lo conoces?" preguntó ella.

"Creo que su nombre es Lucas", dijo Mouse con un encogimiento de hombros. "Él no está en ninguna de mis clases, pero lo recuerdo de una asamblea sobre los derechos de los animales.

Asistí por mis ratones, esos pobres pequeños amiguitos siempre están siendo usados como ratas de laboratorio".

"Nunca lo he visto antes", Rebekah frunció el ceño. "Tampoco debe estar en mis clases".

"Oh, bueno, no dejes que te arruine el día", dijo Mouse con una sonrisa. "¡Ahora, una foto de Mouse con los monos!"

Rebekah se rio y lo siguió a la sección de monos del zoológico.

Capítulo 3

Justo como Rebekah había esperado, la sección de monos del zoológico estaba llena. Parecía que todo el mundo quería ver al mono más pequeño en el zoológico. Mientras ella y Mouse trataban de acercarse, Rebekah se dio cuenta de que la multitud estaba zumbando. Pero no era por el pequeño y lindo mono. Era porque el mono había desaparecido.

"¿Dónde está?" uno de los maestros le susurró a otro.

"¿Podría haberse soltado?" uno de los chicos se preguntó. Rebekah notó a uno de los miembros del personal del zoológico de pie al lado de la jaula. Se veía muy triste. Rebekah y Mouse se deslizaron hacia él.

"¿Realmente está perdido el pequeño mono?" preguntó Rebekah con el ceño fruncido.

"Sí", el cuidador del zoológico suspiró. "Lo acababa de revisar hace quince minutos y estaba acurrucado con su mamá. ¡Ahora no está!"

Rebekah frunció el ceño al pensar en el pobre mono sin su madre. Miró a todos los niños y maestros que se agrupaban alrededor de las jaulas.

"No te preocupes", dijo con una sonrisa. "¡Todos podemos ayudarles a buscar!"

El cuidador del zoológico lo pensó un momento y luego asintió. "Eso en realidad es una muy buena idea", dijo. La multitud era tan ruidosa que era difícil conseguir su atención. Así que Rebekah encontró a la maestra con el megáfono.

"¿Puede anunciar a todos que el cuidador del zoológico tiene algo que decir?" preguntó cortésmente.

"Puedo hacer más que eso", dijo la Sra. Duncan. "Puedo darle el megáfono".

Ella se lo entregó al cuidador del zoológico y este lo encendió.

"¡Disculpen!" dijo, y se vio un poco sorprendido por lo fuerte que era su voz. "Disculpen", lo intentó de nuevo, y pronto todas las personas en la multitud se fueron calmando. "Me gustaría pedir su ayuda", dijo el cuidador del zoológico con calma. "Nuestro pequeño mono está perdido. No sé cómo salió, pero tenemos que encontrarlo".

"Puesto que hay tantos de ustedes aquí, pensé que todos podríamos buscar juntos". Todas las personas en la multitud gritaron que ayudarían.

"Nunca hemos tenido un escape de animales antes y quiero que sepan que este mono no es agresivo. Él no te lastimará, pero podría tener mucho miedo. Así que si lo ven, por favor no lo recojan, solo háganle saber a uno de los empleados del zoológico que usted lo ha encontrado", el cuidador del zoológico comenzó entonces a separar a todos en la multitud en grupos más pequeños, cada uno con un maestro para guiarlos.

Rebekah y Mouse fueron asignados a la Sra. Duncan, que estaba fuera de sí por la preocupación.

"Pobre pequeño mono. Tenemos que encontrarlo. ¿Y si se adentra en una de las jaulas de tigres?" ella suspiró.

"Tal vez deberíamos revisar primero los lugares más peligrosos", Rebekah sugirió. Ella realmente quería ir a buscar por sí misma, pero sabía que tenía que quedarse con la maestra.

Rebekah era una muy buena detective y un mono perdido era un misterio que ella sabía podía resolver. Solo tenía que pensarlo bien.

Capítulo 4

"Sra. Duncan, ¿qué pasa si el mono no escapó?" preguntó pensativa. "¿Qué pasa si alguien se lo llevó?"

"Oh, Rebekah, no creo que eso sea lo que pasó", la Sra. Duncan negó con la cabeza. "¿Quién robaría un mono?"

Rebekah frunció el ceño, pero ella no pensó que estaba equivocada. Era la misma jaula lo que le hacía pensar que alguien tomó al mono.

El cuidador del zoológico dijo que acababa de ver al mono unos minutos antes de que desapareciera. ¿Tal vez había dejado la puerta de la jaula abierta? Pero cuando Rebekah había mirado a la jaula, estaba bajo llave.

Ella sí noto, de la foto del mono en la pantalla, que era muy pequeño. Algunas de las barras de la jaula eran un poco más anchas que las demás. Tal vez se había escapado. ¿Pero si estaba acurrucado junto a su madre por qué querría salir de la jaula?

Rebekah esperó hasta que todos se fueran del frente de la jaula.

"Sra. Duncan, necesito ir al baño", dijo Rebekah rápidamente.

"Muy bien, Rebekah. Mouse, camina con ella, tú eres su amigo", dijo la Sra. Duncan con severidad. "Y los dos encuéntrennos cerca de la jaula del tigre, ¿de acuerdo?"

"Sí, Sra. Duncan", Rebekah asintió. Mouse miró a Rebekah cuando la Sra. Duncan se alejó.

"Realmente no tienes que usar el baño, ¿verdad?" preguntó mientras la miraba.

"No", Rebekah admitió. "Quería echar un vistazo más de cerca a la jaula".

"¿Realmente crees que alguien se llevó al mono?" Mouse preguntó con sorpresa.

"Para mí, simplemente no tiene sentido que se escapara", dijo Rebekah con el ceño fruncido.

"¿No crees que alguien lo habría visto si se hubiera deslizado a través de las rejas?"

"Tienes razón", Mouse asintió. "Todo el mundo estaba allí para ver el pequeño mono, estoy seguro de que hubieran dicho algo si se escapaba".

"Mira esto", dijo Rebekah mientras señalaba la cerradura de la puerta de la jaula. "Está cerrada con llave. No hay manera de que estuviera abierta. Pero nadie habría sido capaz de romperla para entrar tampoco".

"¿Tal vez alguien tenía la llave?" Mouse sugirió.

"Quizás", Rebekah frunció el ceño. Ella notó al cuidador del zoológico hablando con un oficial de policía que había sido llamado para ayudar en la búsqueda.

"Deberíamos preguntarle al empleado del zoológico que tiene llaves de las jaulas".

Capítulo 5

Esperaron a que el cuidador del zoológico terminara de hablar con el oficial de policía y luego se acercaron a él.

"Disculpe, señor, ¿puedo hacerle una pregunta?" preguntó Rebekah.

"Claro", asintió con la cabeza, pero estaba muy molesto.

"¿Quién tiene las llaves de las jaulas de los monos?" Rebekah preguntó.

"Solo yo", el cuidador del zoológico suspiró. "Soy el único que tiene la llave. Sé que cerré la puerta", agregó.

"¿Y está seguro de que el mono estaba allí cuando revisó?" Rebekah preguntó con el ceño fruncido.

"Sí, estoy seguro", el cuidador del zoológico asintió. "Me di cuenta de que su plato estaba vacío, así que iba a hacerle un poco de comida. Estaba durmiendo, y sabía que cuando se despertara tendría hambre. Es solo que no sé cómo pudo suceder esto", dijo con un movimiento de cabeza. "Siempre soy tan cuidadoso", suspiró mientras se alejaba. Rebekah encontró difícil de creer que el cuidador del zoológico fuera descuidado. Parecía tomar su trabajo muy en serio.

Ella sospechaba que algo más debió haber sucedido. Pero si nadie más tenía la llave, ¿cómo podría alguien haber sacado al mono?

Rebekah miró a través de las barras de la jaula de los monos.

"Mira eso", dijo ella mientras señalaba algo dentro de la jaula.

"¿Qué es?" Mouse preguntó mientras miraba hacia donde ella señalaba.

"Parece una cáscara de banana", dijo Rebekah con los ojos entrecerrados.

"Bueno, a los monos les gustan las bananas", Mouse le recordó con un encogimiento de hombros.

"Pero el cuidador del zoológico dijo que había ido a buscar comida para el pequeño mono", explicó Rebekah. "Él dijo que el plato estaba vacío. Esa cáscara se ve fresca. ¿De dónde viene?" preguntó ella.

"Eso es extraño", Mouse estuvo de acuerdo. Rebekah decidió ver la cáscara más de cerca. Ella no podía entrar en la jaula, pero podía acercarse con su cámara. Hizo justo eso y tomó una foto.

Mientras estudiaba la imagen en la parte posterior de su cámara, asintió.

"Definitivamente es una cáscara de banana y es de color amarillo brillante, así que no hay forma de que ha estado allí por mucho tiempo", dijo con firmeza. "No, Mouse, no creo que este pequeño mono se escapó. Creo que alguien le ayudó a salir de la jaula".

"¿Pero cómo?" preguntó Mouse. "Hay un techo en la jaula".

"Bueno, estas barras están más separados que las demás", señaló Rebekah mientras medía la distancia entre las barras con los dedos. "Ese mono es muy pequeño y probablemente podría pasar por aquí".

"Pero recuerda, la gente estaba viendo", dijo Mouse con el ceño fruncido.

"Buen punto", Rebekah suspiró y sacudió la cabeza. "Esta es una difícil".

"Pensémoslo", dijo Mouse. "Si piensas que alguien se robó al mono, entonces probablemente piensas que alguien le dio la banana".

"¡Una banana!" Rebekah chasqueó los dedos. "¿Recuerdas a ese chico? ¡Tenía un montón de bananas!"

"Oh, eso es correcto", Mouse asintió. "Pero eso no significa que él fue el que se la dio al mono".

"No, claro que no" Rebekah estuvo de acuerdo. "Pero había algo más extraño también", dijo en voz baja. "¿Recuerdas cuando caminó frente a tu foto con las ratas?" ella comenzó a hojear la cámara. "Cuando lo vi la primera vez con las bananas, llevaba puesta su chaqueta. Cuando caminó frente a la foto, la cargaba", Rebekah recordó.

"Bueno, sí hizo un poco más de calor fuera", Mouse señaló.

Capítulo 6

"Mm", Rebekah miró la foto que había tomado accidentalmente del muchacho. La hizo más grande en la pantalla. Mientras lo hacía, se abrieron sus ojos. "Uh, Mouse", le mostró la imagen. "¡Esa chaqueta tiene una cola!"

"¡Oh, guau!" Mouse se quedó sin aliento al ver la cola de color marrón que sobresalía del final de la chaqueta. "Tienes razón, Rebekah. ¿Crees que realmente es el que robó al mono?"

"Piénsalo", dijo Rebekah en un susurro. "El mono despertó con hambre y Lucas tenían bananas.

Probablemente le tiró al mono una de las bananas. Entonces, cuando el mono quiso más, se quitó la chaqueta. ¡Podía haberla puesto contra la jaula para que nadie viera el mono deslizándose por entre las barras para alcanzar otra banana!"

"Guau", Mouse negó con la cabeza. "No pensaría que un niño podría hacer esto", frunció el ceño cuando miró al oficial de policía que estaba entrevistando a algunas de las personas que habían estado de pie al lado de la jaula del mono. "Lucas no es un mal chico, Rebekah, pero si es atrapado, estará en serios problemas".

"Lo sé", dijo Rebekah con el ceño fruncido mientras también miraba hacia el oficial. "Es por eso que tenemos que encontrarlo antes de que alguien más lo haga".

Mouse miró su reloj. "Si no volvemos con la Sra. Duncan, nosotros seremos los que estemos en un gran problema".

"Buen punto", Rebekah frunció el ceño. "Veamos si podemos averiguar en qué grupo se supone que Lucas está", sugirió.

Mientras caminaban para reunirse con la Sra. Duncan y el resto de su grupo, Rebekah vio a todos los niños, maestros y otros visitantes del zoológico buscando al mono. Ella sabía que debía mostrarle al empleado del zoológico la imagen que tenía, pero no quería meter a

Lucas en demasiados problemas.

Si solo pudieran encontrarlo, quizás podrían convencerlo de regresar al mono. Rebekah miró sobre su hombro a la jaula de los monos y vio a la madre del pequeño mono mirando tristemente a través de los barrotes.

"Tenemos que encontrar a Lucas", dijo ella con firmeza.

Capítulo 7

"Oh, qué bueno, ahí están los dos", dijo la Sra. Duncan con un suspiro. "¿Qué les tomó tanto tiempo?"

"Pensábamos haber visto al mono en un árbol", explicó Rebekah con un encogimiento de hombros. "Lo siento".

"Está bien, es solo que cerraron todas las salidas del zoológico y quería asegurarme de que ustedes dos estuvieran a salvo", explicó la Sra. Duncan.

"¿Así que nadie puede salir del zoológico?" Rebekah preguntó con sorpresa.

"No, temen que el pequeño mono podría escapar a través de una de las salidas, ¡así que tienen todo bajo llave!", ella echó un vistazo a las otras jaulas de animales que les rodeaban. "Solo espero que lo encuentren pronto, esto no era exactamente lo que habíamos planeado para nuestro viaje de campo".

"Bueno, mejor empecemos a buscar", dijo Rebekah. "Tal vez deberíamos revisar el recinto de elefantes", sugirió. "Es muy abierto y el mono podría entrar con un salto fácilmente".

"Buena idea", la Sra. Duncan asintió y comenzó a dirigir a los niños hacia el recinto de elefantes.

"Muy inteligente", Mouse susurró. "El recinto de elefantes está en la parte posterior del zoológico, así que tendremos que pasar por todos los otros grupos para llegar a él".

"Exactamente", Rebekah asintió. "Así que mantén los ojos bien abiertos".

"Lo haré", Mouse prometió. "Lucas no podría haber ido demasiado lejos, y el mono no va a quedarse escondido en su chaqueta por mucho tiempo".

Mientras caminaban, varios de los miembros del personal del zoológico estaban revisando todas las jaulas de los animales. Revisaron todo, desde las jirafas, hasta el santuario de aves y la jaula de cocodrilos. Pero todos ellos regresaron con el ceño fruncido y ningún mono.

Rebekah sabía lo mal que el cuidador del zoológico se sentía por la desaparición del mono bebé. Todo el mundo parecía pensar que era culpa suya, y solo Rebekah, Mouse y Lucas sabían que no lo era.

Capítulo 8

"¡Ahí!" Mouse señaló a un grupo reunido junto a un recinto de cristal lleno de puercoespines.

"Creo que ese es él", le susurró a Rebekah.

Rebekah vio a un muchacho parado en la parte posterior del grupo. Tenía su chaqueta, pero la tenía al revés. Era extraño al verla, pero nadie parecía notarlo.

"Es él", Rebekah susurró mientras señalaba a una cola de color marrón que sobresalía de la parte inferior de la chaqueta de Lucas.

"Rápido, tenemos que llegar a él", dijo Rebekah mientras Mouse y ella comenzaban a separarse de su grupo.

"¿Adónde van?" preguntó la Sra. Duncan justo detrás de ellos. "Les dije que se quedaran cerca".

Rebekah frunció el ceño cuando se volteó hacia la Sra. Duncan. "Lo siento, nos pareció ver algo cerca de los puercoespines".

"El grupo del Sr. Tuttle está buscando por allí", dijo la Sra. Duncan con firmeza. "Por favor, ya tenemos un mono perdido, ¡no quiero tener un Mouse perdido o una Rebekah perdida!"

"Lo siento, Sra. Duncan", dijo Mouse y se metió las manos en los bolsillos. Cuando la Sra.

Duncan regresó al frente del grupo, los ojos de Rebekah se agrandaron.

"¡Eso es! ¡Un ratón perdido!", dijo mientras miraba a Mouse.

"¿Eh?", preguntó Mouse.

"Vas a tener que distraer a todos. En realidad, Gabe va a tener que distraer a todos", dijo y señaló al ratón escondido en su bolsillo.

"Oh, pero Rebekah, como tú dijiste, el zoológico es tan grande y…"
Mouse frunció el ceño.

"No te preocupes", Rebekah le prometió. "Nos aseguraremos de que
esté a salvo. Yo iré de un lado de la ruta, y tú por el otro. Deja que
Gabe corra por el medio y asuste a todos, entonces lo agarro".

"Muy bien", Mouse finalmente asintió.

Capítulo 9

Se quedaron unos pasos detrás de su grupo. Entonces, Mouse liberó a su mascota en un lado del camino.

"¡Ah! ¡Ratón!" Rebekah gritó cuando la pequeña mancha blanca corrió por el camino.

"¿Ratón?", preguntó la Sra. Duncan, pensando que Rebekah estaba hablando de su amigo. Entonces vio la mancha blanca.

"¡Ratón!" Gritó ella. Rebekah se agachó para coger Gabe, pero Gabe le tenía miedo. Era un ratón muy tímido y corrió en la otra dirección. ¡Corrió justo hacia la jaula del elefante! Todos los elefantes comenzaron a sonar sus narices y pisar fuerte cuando vieron el ratón en su recinto.

Mouse se quedó sin aliento. "¡Gabe!" gritó. Rebekah se sentía horrible. Le había prometido a

Mouse que su mascota estaría a salvo.

Divisó a Lucas mirando la conmoción. Todos los grupos se reunían para ver de qué se trataban todos los gritos. Rebekah sabía que si no cogía Lucas ahora, él podría escapar, pero le había prometido a Mouse que Gabe no se perdería.

Se volteó a tiempo para ver al pequeño ratón blanco salir por el otro lado de la jaula de los elefantes.

"¡Vamos, Mouse!" gritó y corrió detrás de Gabe. Mouse casi lo tenía cuando se resbaló en el recinto con las ratas saltarinas. Las ratas empezaron a volverse salvajes, saltando por todas partes.

"¡Oh, no!" Mouse se dio palmada en la frente. "Nunca lo sacaremos de allí", se quejó.

"Claro que lo haremos", dijo Rebekah severamente. Miró en una dirección y luego en la otra.

Todo el mundo estaba ocupado buscando al mono. Nadie estaba mirando la jaula de las ratas saltarinas.

Le entregó su bolso y cámara a Mouse y luego saltó justo dentro de la jaula.

"¡Rebekah!" Mouse jadeó y casi dejó caer su cámara. Él tomó accidentalmente una foto de

Rebekah rodeada de ratas saltarinas."

"¿Lo ves?" Rebekah preguntó mientras las ratas saltaban a su alrededor. Tuvo que agacharse cuando uno trató de aterrizar en su cabeza.

Mouse miró la foto que había tomado y vio a Gabe en la esquina de la jaula.

"¡En la esquina!" dijo a Rebekah. "¡Date prisa antes de que se escape!"

Rebekah atrapó a Gabe en sus manos y lo llevó de vuelta con Mouse. Él lo arropó bien en bolsillo y luego ayudó a Rebekah a salir de la jaula.

"¡Muchas gracias, Rebekah!" Mouse suspiró con alivio.

"Te prometí mantenerlo a salvo", Rebekah frunció el ceño. "Lástima que no podamos hacer lo mismo con el pequeño mono. Apuesto que Lucas ya se ha ido".

Capítulo 10

"Eso fue muy valiente, Rebekah", dijo Lucas a su lado.

"¿Lucas?" Rebekah jadeó cuando lo vio.

"Vi lo que hiciste", Lucas dijo mientras abrazaba su chaqueta, que escondía al pequeño mono.

"Realmente debes amar a los animales tanto como yo".

"Bueno, era la mascota de Mouse", Rebekah explicó mientras miraba la cola colgando en la parte inferior de la chaqueta. "Al igual que ese monito es el bebé de su madre", dijo ella en voz baja.

"Pero él no debería estar en una jaula, Rebekah", dijo Lucas con severidad. "Los animales deben poder vivir libres, en la naturaleza, donde pertenecen".

"Pero, Lucas, ¿cómo va a sobrevivir sin su madre para que le enseñe?" preguntó Rebekah. Ella no quería hacerlo enojar y que se fuera. "Yo sé que quieres proteger a este pequeño mono, pero eso mismo quiere su madre".

"No lo sé", Lucas frunció el ceño. "Creo que tiene que ser libre. Yo puedo cuidar de él".

"Oh, Lucas, no puede tenerse un mono como mascota", dijo Mouse con un movimiento de cabeza. "Los monos necesitan mucho cuidado. Tal vez el zoológico no es el mejor lugar para él, pero es donde está su familia, y ellos cuidarán muy bien de él".

"¿Cómo lo sabes?" preguntó Lucas.

"Mira", Rebekah señaló al cuidador del zoológico que estaba sentado en un banco con la cabeza entre las manos. "Mira lo molesto que está por la desaparición del mono. Él realmente se preocupa por los animales de los que cuida".

"Supongo que tienes razón", Lucas frunció el ceño. "¿Pero qué puedo hacer ahora? Si te digo la verdad, me meteré en un montón de problemas".

"Eso es seguro", Mouse asintió cuando se dio cuenta de que más agentes de policía entraron al zoológico.

"Bueno, tal vez podamos poner al mono de nuevo en su lugar", Rebekah sugirió. "Si tú pudiste sacarlo, ¡nosotros podemos devolverlo!"

"Pero todo el mundo está buscándolo", Mouse le recordó a Rebekah.

"Podemos hacerlo", Rebekah prometió. "Démosle una oportunidad".

Capítulo 11

Ya que la jaula de los monos había sido registrada tan bien cuando el pequeño mono desapareció, no había demasiada gente alrededor. Pero la Sra. Duncan estaba buscando a

Rebekah y a Mouse, así que tenían que tener cuidado.

Caminaron detrás de las jaulas y se escondieron detrás de árboles mientras se arrastraban hacia la jaula de los monos. El pequeño mono estaba inquieto bajo la chaqueta de Lucas. Seguía azotando a Lucas con su cola.

"Shh", Lucas le suplicó al mono.

"Está bien, solo quiere a su madre", dijo Rebekah tristemente. "Mira, ella está esperándolo", dijo Rebekah y señaló a la jaula de los monos. La madre del pequeño mono estaba de pie mirando a través de las barras y parecía estar buscando al mono.

"Es ahora o nunca", Lucas suspiró. "Supongo que no pensé esto bien".

"Querías protegerlo", Mouse se encogió de hombros. "Yo sé lo que es eso. Pero ahora él tiene que ir de nuevo con su madre".

Lucas respiró hondo y comenzó a caminar a través del camino a la jaula de los monos. Rebekah y Mouse lo seguían de cerca. Al igual que había hecho antes, Lucas se quitó la chaqueta y la usó para ocultar el mono.

El pequeño mono contuvo la respiración y se escabulló a través de los barrotes de la jaula. Su madre lo estaba esperando en el otro lado.

"¿Rebekah? ¿Mouse?" La Sra. Duncan decía mientras caminaba hacia la jaula.

"Lucas, vuelve a tu grupo", dijo Rebekah en un susurro. "De esa manera nadie sabrá que estuviste aquí".

"¿Estás segura?" Lucas le preguntó con el ceño fruncido.

"Hiciste lo correcto", Mouse asintió. "Solo mézclate en la multitud y deshazte del resto de las bananas, ¿eh?" Mouse señaló las banas que Lucas todavía tenía en su bolsillo.

"Está bien", Lucas asintió. Él les arrojó en la jaula de los monos antes de salir corriendo al grupo en el que se suponía debía estar.

"Rebekah y Mouse", dijo la Sra. Duncan justo detrás de ellos. "Ambos están en un gran problema. ¡Les dije que se quedaran con el grupo!"

"Lo estábamos", dijo Rebekah con los ojos muy abiertos. "¡Pero entonces vimos esto y teníamos que ver más de cerca para asegurarnos de que estuviéramos en lo cierto!" explicó Rebekah.

Capítulo 12

"¿Vieron qué?" la Sra. Duncan preguntó mientras miraba hacia donde Rebekah estaba señalando. El pequeño mono estaba envuelto en los brazos de su madre.

"¡Oh, el mono!" la Sra. Duncan gritó para llamar la atención de todos. "¡El mono está de vuelta!"

El cuidador del zoológico vino corriendo. No podía creer lo que veía.

"¡Pero yo mismo busqué en esa jaula!", dijo. Una vez que todos los aplausos habían amainado,

Rebekah apartó al cuidador del zoológico a un lado y le habló en un susurro.

"Es posible que desee revisar las barras de la jaula", dijo. "Es un monito muy flaco".

El cuidador del zoológico la miró directamente a los ojos. "Sé que ese mono no estaba en la jaula", dijo con el ceño fruncido. "Tú y tu amigo tuvieron algo que ver con esto, ¿no?"

Rebekah lo miró nerviosamente. Se preguntó si se molestaría.

Cuando ella no respondió, él se limitó a sonreír. "Mire, yo no sé cómo lo hizo, pero estoy feliz de que lo haya hecho. De hecho, estoy tan feliz que quiero que seas la que nombre al mono. No hemos elegido un ganador todavía".

"¿En serio?" Rebekah preguntó con sorpresa.

"Claro, ¿puedes pensar en un buen nombre para él?", preguntó. Rebekah miró a Mouse, quien tenía a Gabe en la mano y estaba hablándole en voz baja acerca de los monos en la jaula.

"¡Mouse!" dijo con una risa.

"¿Mouse?" el cuidador del zoológico levantó una ceja. "Un mono llamado Mouse, como ratón en inglés, es un poco extraño, ¡pero bien!"

Capítulo 13

Todo el camino a casa en el autobús, los niños hablaron sobre el nuevo monito en el zoológico, un mono llamado Mouse.

Cuando Rebekah llegó a casa, su madre estaba muy emocionada por ver las imágenes del zoológico.

"No tomé muchas", Rebekah frunció el ceño cuando le entregó la cámara. Estaba cansada del emocionante día, así que se dirigió a su habitación a descansar. La madre de Rebekah empezó a ver las imágenes de la cámara. Rebekah acababa de acostarse en su cama cuando escuchó jadear a su madre.

"¡Rebekah!", gritó. Rebekah se sentó de golpe en la cama, con los ojos muy abiertos.

"¿Sí?", preguntó mientras corría a la sala de estar.

"¿Puedes explicar por qué estabas dentro de una jaula de ratas saltarinas?" preguntó su madre mientras pisoteaba el suelo y le mostraba la cámara.

Rebekah tragó saliva cuando vio la imagen de todas las ratas que saltaban a su alrededor.
"Uh, eso es una larga historia, mamá", dijo Rebekah con una risa.

"Bien, tenemos mucho tiempo", dijo su madre y se sentó en el sofá. Ella palmeó el cojín a su lado. "Quiero escucharlo todo"

"¿Sabías que llegué a nombrar un mono en honor a Mouse?" Rebekah preguntó mientras trataba de cambiar el tema.

"La próxima vez que haya un viaje al zoológico, voy de chaperona", su madre negó con la cabeza mientras miraba el resto de las imágenes. "¿Ese chico tiene una cola?", se preguntó mientras inclinaba la cámara hacia un lado.

"Bueno, uh, eso es una historia más larga", Rebekah se rio y negó con la cabeza. Se alegró de haber resuelto el misterio del mono perdido, pero estaba un poco preocupada por si su madre decidía hacer un trabajo de detective por su cuenta.

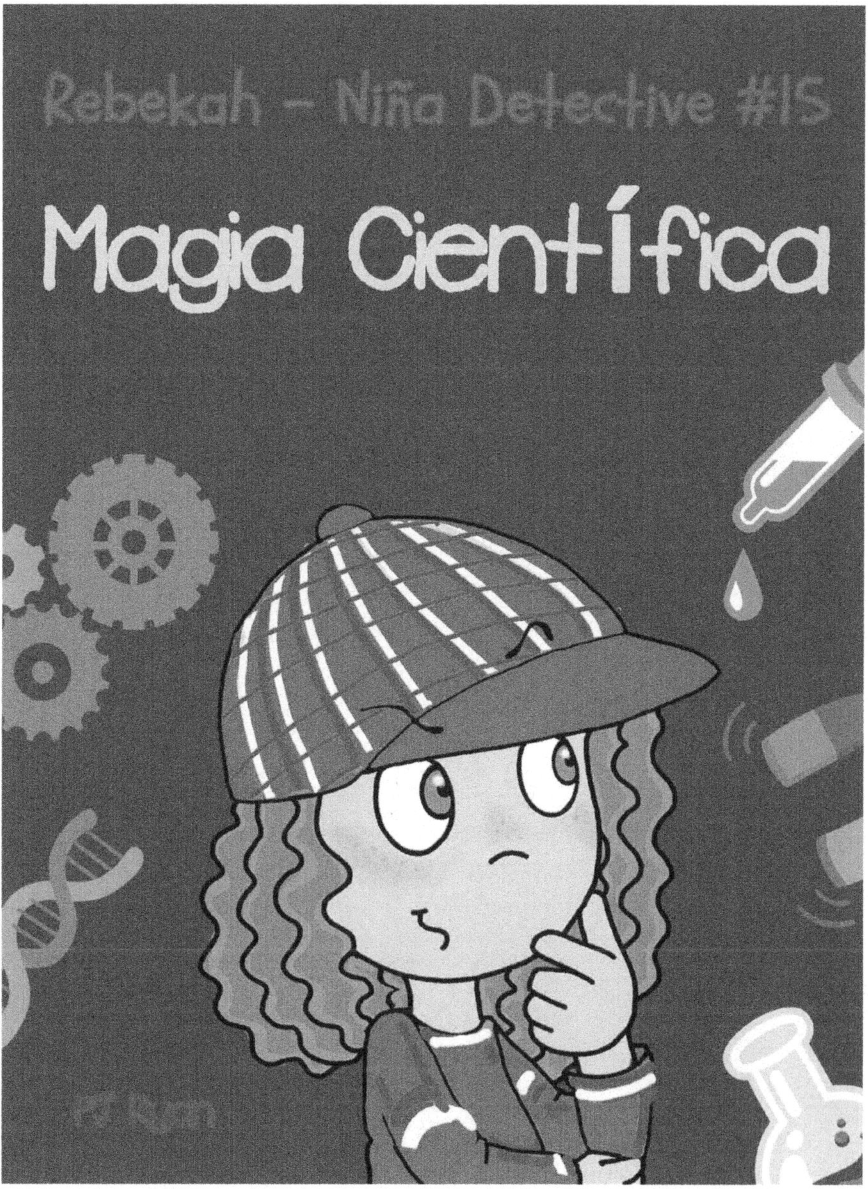
Rebekah - Niña Detective #15
Magia Científica

Rebekah - Niña Detective #15

Magia Científica

Capítulo 1

Una de las clases favoritas de Rebekah era ciencia. No solo por el tema, sino por el profesor.

Rebekah tuvo un par de profesores de ciencias en el pasado que eran bastante buenos. Pero, por mucho, su favorito era su profesor de ciencia actual, el Sr. Woods.

Siempre estaba pensando en nuevas maneras de enseñarles divertidos conceptos de ciencias. Rebekah esperaba su clase porque veía la ciencia como otro misterio que resolver.

Un día, Rebekah entró a la clase del Sr. Woods a ver algo muy sorprendente. En medio de su escritorio, había un cilindro extraño. En el centro del cilindro, ¡un pequeño imán cuadrado estaba flotando en el aire!

"¡Guau!" Rebekah dijo mientras miraba de cerca. "¿Cómo sucedo eso?" se preguntó.

"¡Magia!" el Sr. Woods dijo mientras daba un paso de detrás de su escritorio.

"Oh, Sr. Woods, yo no creo en la magia", Rebekah negó con la cabeza. Como detective, había resuelto muchos misterios. Algunos de ellos parecían bastante mágicos al principio, pero siempre terminaban siendo algo mucho más sencillo de lo que esperaba.

"Bueno, esto es magia científica", el Sr. Woods explicó con una sonrisa. "Mira", abrió una pequeña puerta en el cilindro de plástico y asomó su dedo contra el imán. Se movió, pero todavía flotaba. "¿Ves?", dijo. "Sin cuerdas".

"Guau", dijo Rebekah con los ojos muy abiertos.

"Oh, ese viejo truco", Max se rio mientras entraba en clase. Max era uno de los amigos de Rebekah. Su padre era un científico, por lo que ciencia era su clase favorita.

"¡No lo digas, Max!" el Sr. Woods le advirtió. "Quiero que Rebekah lo averigüe".

"Oh, lo hará", Max se rio. "¡Rebekah puede descifrar todo!"

Rebekah le sonrió a Max, y luego volvió a mirar el imán flotante. Mientras los otros estudiantes llegaban a la clase, Rebekah seguía mirando. No importa lo mucho que pensara en ello, no podía imaginar cómo el imán podría flotar en el aire. Realmente estaba empezando a molestarla.

Capítulo 2

"Muy bien, clase, hoy tenemos una misión especial", dijo el Sr. Woods cuando se sentó en el borde de su escritorio. "Esto es lo que yo llamo magia científica", dijo mientras señalaba al cilindro. "¿Ya lo descifraste, Rebekah?" preguntó mientras la miraba.

"Creo que sí", dijo Rebekah pensativa.

"Bueno, ¿por qué no nos dices cómo crees que se hace?" preguntó con una sonrisa.

"Es un truco", dijo.

"No, no es un truco", dijo el Sr. Woods firmemente. "Un truco es una ilusión. Esto no es una ilusión. Este imán realmente está flotando".

"Bueno, debe haber algún tipo de truco", uno de los otros niños dijo. "¿Hay un ventilador o algo así?"

"No, ningún ventilador", dijo Woods. "Pero eso es una buena idea".

"Rebekah, ¿qué te parece?" preguntó y la miró.

"Bueno, yo sé que los imanes pueden separarse unos a otros", dijo Rebekah con el ceño fruncido. "¿Tiene algo que ver con eso?"

"Absolutamente", dijo el Sr. Woods con una sonrisa. "Aquí tenemos unos potentes y especiales imanes. Este de arriba es un imán de cerámica", explicó mientras señalaba el imán en la parte superior del cilindro. "Este en la parte inferior también es un imán. Se repelen entre sí. El imán en el centro se encuentra en el medio de su pequeña pelea", sonrió. "Esa es la forma más sencilla de explicarlo".

"Eso es bastante increíble", dijo Rebekah con los ojos muy abiertos.

"Sí, lo es", dijo el Sr. Woods con un movimiento de cabeza. "La ciencia es bastante sorprendente. A veces nos olvidamos de que la ciencia es un estudio que está en constante cambio y crecimiento. La gente siempre está descubriendo algo nuevo acerca de nuestro mundo, las leyes de la naturaleza y la ciencia".

"Como los científicos", Rebekah señaló.

"No, no solo los científicos", el Sr. Woods la corrigió. "Algunos de los más grandes descubrimientos han sido realizados por la gente común, que tropezaron con una gran idea.

De eso se trata nuestra tarea de hoy. No les daré una serie de instrucciones. Les pediré que lleguen a una nueva e increíble idea. Entonces, quiero que la hagan funcionar. Nada de volcanes o electricidad de papa", dijo con firmeza. "Algo nuevo que piensen por sí mismos. Realmente no importa si funciona. Solo quiero ver a qué ideas pueden llegar".

A Rebekah ya le gustaba la asignación. Era como un misterio que podía resolver. ¿En qué nueva idea podía pensar?

"¡Oh, ¿cuál es el punto?!" Bethany, otra chica en la clase, se quejó en su escritorio detrás de Max. "No es como si alguno de nosotros tiene una oportunidad con Max en nuestra clase".

"Oye", Max frunció el ceño mientras miraba por encima del hombro. "Eso no es muy agradable".

"Pero es verdad", Bethany se cruzó de brazos. "Nadie va a pensar en un mejor proyecto que tú".

"Todos hagan su mejor esfuerzo", dijo el Sr. Woods dijo cuando sonó la campana. Max miró a Bethany. Ella le devolvió la mirada. Rebekah frunció el ceño. Bethany también era muy buena en ciencia, pero siempre estaba compitiendo con Max en clase.

"Estoy segura de que todos llegaremos a algo", dijo ella, con la esperanza de aliviar la tensión entre sus amigos.

Capítulo 3

Después de la clase, Rebekah seguía pensando en el proyecto que crearía. Estaba muy entusiasmada con la idea. Se encontró con su amigo Mouse en el pasillo cerca de su casillero.

"¿Adivina qué? ¡El Sr. Woods tiene una gran asignación!" Rebekah dijo alegremente.

"Lo escuché", dijo Mouse felizmente. "¿Viste el truco del imán? ¡Podríamos usar eso en una broma!" él se rio. Rebekah asintió.

"Apuesto a que podríamos", ella sonrió. Mouse tenía su propio club secreto que ideaba grandes travesuras que podían hacerle a la gente.

"Estoy tratando de pensar en una gran idea", dijo Rebekah con el ceño fruncido. "¡Pero es más difícil de lo que pensaba!"

"No te preocupes, pensarás en algo", Mouse le prometió.

Para cuando la escuela había terminado ese día, Rebekah todavía no podía pensar en otra cosa. Toda idea que se le ocurría ya había sido hecha. Ella quería algo diferente, algo que mostrara sus talentos como detective. Mientras guardaba sus libros al final del día, Max se acercó a su casillero.

"Oye, ¿ya tienes una idea?" Max preguntó con una sonrisa.

"Todavía no", Rebekah frunció el ceño. "¿Tú sí?"

"Oh sí, ¡tengo una estupenda!" Max sonrió. "Pero es un secreto".

"¿Un secreto eh?" Rebekah sonrió.

"¡Nada de trabajo de detective, Rebekah!" le advirtió con un movimiento de su dedo.

"De ninguna manera", prometió. "¡Estoy demasiado ocupada pensando en mi proyecto como para averiguar el tuyo!"

"Bueno, el Sr. Woods dijo que teníamos una semana, así que eso te dará un montón de tiempo", Max sonrió. "¡Buena suerte!"

Capítulo 4

Rebekah pasó toda la semana tratando de llegar a una idea. Para cuando llegó la noche del jueves, ella todavía no tenía ni idea de qué hacer. Estaba muy decepcionada. Decidió llamar a Max para ver si podía ayudarla.

"Rebekah, no diré nada acerca de mi proyecto", dijo Max tan pronto como contestó el teléfono.

"Me preguntaba si podrías tener una idea para mí", Rebekah suspiró. "No puedo pensar en algo".

"Bueno, siempre puedes pegar un clavel en un vaso de agua con colorante de alimentos", dijo con una sonrisa en su voz. "Eso es un proyecto sencillo".

"Muchas gracias, Max", dijo con un suspiro. Ella sabía que era un proyecto sencillo, pero al menos tendría algo que entregar. "¿Cómo va saliendo tu proyecto?"

"¡Va genial!", dijo Max con entusiasmo. "No puedo esperar a mostrárselo a todo el mundo mañana".

"No puedo esperar para verlo", dijo Rebekah felizmente. Colgó el teléfono y se fue a buscar a su madre.

"Mamá, ¿sabes dónde podemos comprar un clavel y un poco de colorante de alimentos?"
Rebekah preguntó mientras su madre se sentaba a leer su nuevo libro.

"Oh, querida, ¿lo necesitas ya?", preguntó.

"Lo necesito para mañana en la mañana", Rebekah se encogió.

"Oh, Rebekah", su madre negó con la cabeza.

"Lo siento, mamá", Rebekah sonrió inocentemente.

Cuando llegaron a la tienda, Rebekah se apresuró a recoger una flor. Divisó a Bethany no tan lejos. Tenía varias botellas de pintura, pegamento, e incluso unas grandes bolas de espuma de poliestireno, en sus brazos.

"Hola, Bethany", dijo Rebekah dijo mientras recogía su flor. "¿Necesitas ayuda?"

"No, gracias", dijo Bethany con el ceño fruncido. "¡Nada de mirar a escondidas mi proyecto!"

"Bien, bien, lo siento", Rebekah sonrió. Bethany no sonrió. Caminó hacia el carril de pago.

Rebekah estaría contenta cuando la tarea hubiera terminado.

Cuando llegó a casa, puso su flor en agua con colorante de alimentos rosa brillante. Luego, se fue a la cama.

Cuando despertó al día siguiente, su clavel blanco era de color rosa brillante.

"Bueno, al menos funcionó", se encogió de hombros. Metió el clavel en una bolsa de plástico y lo guardó en su bolso. Estaba emocionada de ver tanto el proyecto de Max como el de Bethany.

Capítulo 5

Cuando llegó a la escuela, encontró a Max de pie junto a su casillero.

"¿Listo para entregar su proyecto?" Rebekah preguntó desde detrás de él, lo cual lo hizo saltar.

"¡No mires a escondidas, Rebekah!" Max gruñó y cerró su casillero.

"No estaba mirando", dijo Rebekah mientras volteabao los ojos. "¡Este proyecto ha convertido a Bethany y a ti en monstruos!"

"Monstruos de la ciencia", Max movió sus cejas.

"Nos vemos en clase", Rebekah rio. Después de su primera clase, ella salió al pasillo. Fue recibida por un fuerte grito.

"¡Alguien robó mi proyecto!" Max frunció el ceño mientras miraba en su casillero. "Lo puse aquí esta mañana, ¡y ya no está!"

"¿Estás seguro de que alguien lo tomó?" preguntó Rebekah. "¿Tal vez lo pusiste fuera de lugar?"

"No lo hice", dijo Max con firmeza. "Lo puse aquí para mantenerlo a salvo hasta que la clase de ciencia. ¡Alguien lo tomó!"

Se dio la vuelta y encontró a Bethany parada cerca de su casillero. "¿Fuiste tú?" le preguntó con una mirada.

"¡No!" Bethany jadeó y sacudió la cabeza. "No fui yo".

"Yo sé que estabas celosa de mi proyecto", Max discutió con frustración. "¿Lo tomaste para que al Sr. Woods le guste más tu proyecto?"

"No, no lo hice", dijo Bethany con lágrimas en los ojos. "Yo no lo hice, realmente no lo hice, Max".

Rebekah frunció el ceño y pasó un brazo por los hombros de Bethany.

"Está bien, no te molestes", dijo.

"Ella debe estar triste", Max resopló. "Tomó mi proyecto. Sé que ella fue la que lo hizo".

"Pero no lo hice", argumentó Bethany y sollozó. "Tienes que creerme, Rebekah".

Rebekah frunció el ceño. Ella y Max eran buenos amigos, pero nunca había sabido de algo que Bethany hubiera robado. Claro que estaba determinada a crear un proyecto mejor que el de Max, pero eso no quería decir que haría algo tan terrible como robarlo. Pero si ella no tomó el proyecto de Max, ¿entonces quién lo hizo?

"Veremos lo que el Sr. Woods tiene que decir al respecto", dijo Max con firmeza y comenzó a caminar hacia la clase de ciencias.

"¡Oh, no, ahora el Sr. Woods también va a pensar que soy una ladrona", Bethany suspiró. "Tú sabes que no lo hice, ¿verdad, Rebekah?" preguntó esperanzada.

"Claro que sí", dijo Rebekah tranquilamente. "No te preocupes por Max, él solo está molesto. El Sr. Woods no le creerá. Especialmente si puedo averiguar lo que realmente sucedió con el proyecto de Max".

"Oh, espero que sí", dijo Bethany y sollozó de nuevo. "No quiero que Max esté enojado conmigo".

Capítulo 6

Rebekah encontró a Max rumbo a la oficina del director para reportar a Bethany.

"Max, espera", dijo Rebekah mientras lo perseguía. Mouse también los alcazó, mientras se preguntaba de qué se trataban todos los gritos. "Tal vez no fue Bethany", dijo Rebekah. "¿Por qué no me dejas tratar de averiguar lo que pasó?"

"Muy bien", Max asintió. "Si alguien puede descifrarlo, eres tú, Rebekah", suspiró. "Pero estoy seguro de que fue Bethany".

"Escucha, para que pueda encontrarlo, vas a tener que decirme cómo se veía tu proyecto", dijo Rebekah.

"Era una baba", Max admitió. "Una baba verde y brillante. Eso debería ser difícil de ocultar".

"Está bien, vamos a encontrarlo, ¿no es así, Mouse?", ella le echó un vistazo a Mouse, quien estaba acariciando la parte superior de la cabeza de un ratón en el bolsillo de su camisa.

"Sí, lo haremos", dijo con una inclinación de cabeza.

"Vamos a tener que comenzar con tu casillero", dijo Rebekah.

Max le escribió la combinación. "Espero que puedas encontrarlo", dijo con el ceño fruncido mientras se alejaba a su próxima clase.

Rebekah y Mouse se apresuraron al casillero de Max. Rebekah ingresó la combinación y lo abrió. Por dentro, estaba bastante vacío. Pero tenía un olor extraño. No era un mal olor, como cuando Mouse deja trozos de queso para sus ratones en su casillero durante demasiado tiempo.

Era un olor fuerte, como el limón.

"Extraño, Max no huele a limón", dijo Rebekah mientras olfateaba el casillero.

"¿A qué huele Max?" Mouse se rio.

"No estoy segura, pero no es a limón", Rebekah rio. Luego, miró más de cerca la puerta del casillero. Ella se agachó y miró en la parte inferior para ver si podía haber sido abierto por allí.

No lo fue, pero había un poco de la sustancia verde.

"Mm", Rebekah dijo mientras frotaba el pegote entre sus dedos. "Tenemos baba verde", dijo y miró a Mouse con una sonrisa.

"Asqueroso", Mouse se estremeció un poco.

"Bueno, si nadie irrumpió en el casillero de Max, entonces alguien debe haber tenido otra manera de entrar", dijo Rebekah pensativa. "O tal vez", miró los pequeños orificios de ventilación en la parte frontal del casillero. "Tal vez alguien consiguió esa fuerte máquina de vacío con la que solían limpiar las inundaciones en la sala de los niños. Si pusieron la manguera en la salida de aire, ¡tal vez aspiraron la sustancia hacia afuera!"

"¿Quién haría algo así?" Mouse dijo con el ceño fruncido.

"No lo sé, pero es un lugar por donde empezar", Rebekah sugirió. En ese momento, sonó el timbre."

"Nos vemos cerca del armario del conserje cuando la clase haya terminado", dijo ella rápidamente.

Capítulo 7

Su siguiente clase era con Bethany. Se dio cuenta de que Bethany se veía muy triste al leer una historia en la clase de inglés. Tenía una bolsa grande al lado de su escritorio. Rebekah pensó que probablemente tenía su proyecto de ciencias en ella.

Rebekah miró de cerca, pero no se veía ninguna sustancia viscosa verde en la bolsa. Tan pronto como la clase terminó, Rebekah esperó a que Bethany se fuera. Entonces, miró su escritorio de cerca en busca de cualquier rastro de baba.

No encontró nada en absoluto, pero sí olió algo familiar. Era un olor fuerte. Olía a limón. Los ojos de Rebekah se agrandaron. No creía que Bethany había tomado el proyecto de Max, ¿pero por qué su escritorio olía como el casillero de él?

Ella esperaba no estar equivocada acerca de Bethany. Cuando se reunió con Mouse al lado del armario del conserje, él se veía un poco nervioso.

"Estaba pensando en algo, Rebekah", dijo mientras abría la puerta del armario del conserje.

"Cuando dijiste que alguien podría haber utilizado una máquina de vacío para aspirar la baba a través de la rejilla, me recordó algo más que es bueno para la succión".

"¿Qué?" Rebekah preguntó mientras entraba agachada al armario. Ella encontró la máquina bastante rápido porque era bastante grande.

"¡Un vampiro!" Mouse dijo mientras la seguía mirando.

"Eso es ridículo, Mouse", Rebekah volteó los ojos. Cogió la manguera conectada a la máquina de vacío. "¡Ajá!" dijo. "Mira", metió el dedo en la abertura de la manguera y salió con la punta del dedo cubierta de baba verde. "¡Yo tenía razón!"

"Eso no quiere decir que no fuera un vampiro", Mouse señaló.

"No fue un vampiro, Mouse", dijo Rebekah firmemente. "Pero ahora tenemos que averiguar quién utilizó la máquina".

"Bueno, no fue el conserje", dijo Mouse. "Recuerda que el Sr. Hugh se retiró la semana pasada".

"Buen punto", Rebekah asintió. El Sr. Hugh era el conserje de la escuela, pero los profesores tuvieron una fiesta en su honor para celebrar su jubilación. Así que no habría un conserje que usara la máquina de vacío. "Quien utilizo esta máquina, tomó el proyecto de Max", dijo con certeza. Cuando se puso de pie, captó de nuevo un olorcillo de ese fuerte aroma a limón. Olió hasta que encontró de dónde venía.

"Mira esto, Mouse", dijo Rebekah y le mostró una botella de limpiador perfumado a limón.

"Esto fue lo olí en el casillero de Max. También lo olí en el escritorio de Bethany. Tal vez ella realmente tomó su proyecto. Si vino aquí por la máquina, ella podría haberse derramado un poco sobre sí misma".

"¿Quién está ahí?" Una voz gritó desde las sombras al fondo del armario. "¡Ningún niño debería estar aquí! ¡Se los advierto! ¡Es muy peligroso!"

Mouse y Rebekah se miraron, y luego corrieron fuera del armario. Corrieron hasta donde era su próxima clase.

"¡Ves, te dije que era un vampiro!" Mouse dijo con un jadeo. "Alguien que vive en las sombras, alguien peligroso", añadió.

"No puede ser", Rebekah volteó los ojos. "Nos vemos fuera de la cafetería después del almuerzo".

"Estaré allí", Mouse prometió. "¡Cuidado con los vampiros!"

Capítulo 8

Durante su siguiente clase, Rebekah trató de pensar en diferentes ideas. Estaba bastante segura de que no había sido Bethany, a pesar de que algunas de las pruebas apuntaban hacia ella. Lo que les había gritado desde el fondo del armario del conserje, ciertamente no había sido Bethany.

Una vez que ella había tachado a Bethany de su lista de sospechosos, estaba de vuelta en el punto inical.

Sacó su cuaderno y se quedó mirando una página de papel en blanco. Ya que no tenía otras buenas ideas, garabateó: Vampiro que Come Babe Verde. Sabía que era una idea tonta, pero al menos era una idea.

Entonces pensó en Max un poco más. Todo el mundo sabía que Max era el mejor estudiante de ciencias en la escuela. Estaba segura de que su proyecto hubiera sido el mejor de la clase. Tal vez alguien quería el proyecto. Tal vez, alguien como un malvado científico o alguien que trabajaba para una malvada agencia de espionaje.

Ella arqueó una ceja y anotó su idea. Tenía tanto sentido como un vampiro que comía baba. Suspiró cuando se dio cuenta de que ninguna idea iba a resolver el misterio.

Si ella no averiguaba quién había tomado realmente el proyecto de Max, él podría quedarse enojado con Bethany. Incluso podría acusarla con el director. Rebekah odiaba pensar en que Bethany se metiera en problemas por algo que no hizo. Estaba decidida a averiguarlo, y esperaba que fuera antes de la clase de ciencias.

A la hora del almuerzo, Rebekah estaba esperando a Mouse fuera de la cafetería. La mayoría de los otros niños ya estaban fuera del pasillo. Ella estaba esperando en un pequeño pasillo que conducía a los baños. Era el único lugar en que el monitor del almuerzo no la localizaría. El pasillo estaba bastante oscuro.

Cuando empezó a oír pasos pesados caminando hacia ella, se sorprendió. Miró por encima del hombro, pero no vio a nadie detrás de ella. Entonces oyó los pasos de nuevo. Rebekah miró por encima del hombro de nuevo. Todavía no veía a nadie. Pero sí olía algo. ¡Limón! Rebekah se quedó sin aliento y se volteó justo a tiempo para encontrar a Mouse de pie justo en frente de ella.

"¿Estás bien?" Mouse preguntó cuando la vio con los ojos bien abiertos.

"Él está aquí", susurró ella y lo arrastró hasta detrás de la puerta abierta del baño de niñas.

Ambos vieron cómo un hombre con la cabeza hacia abajo pasaba lentamente frente al baño. Tenía puestas gruesas botas. Se agachó y limpió una con una toalla de papel. Cuando levantó la toalla, Rebekah tuvo que taparse la boca para guardar silencio. ¡Había baba verde en la toalla de papel!

Él gruñó y tiró la toalla en un bote de basura. Luego, empezó caminando por el pasillo de nuevo.

"Ves, vampiro", susurró Mouse. "¿Qué clase de persona camina así?"

Rebekah vio que el hombre parecía estar luchando para levantar sus pies del suelo con cada paso que daba. Era bastante extraño.

"Bueno, vamos a averiguar", dijo Rebekah severamente. "¡Ven conmigo!", dijo.

Capítulo 9

Siguieron al hombre por el pasillo. Cuando abrió la puerta del armario del conserje, Rebekah y Mouse se miraron.

"¡Uno, dos, tres!" Rebekah contó. Entonces, ambos empujaron al hombre por detrás. Iban a atraparlo en el armario, pero cuando trataron de cerrar la puerta, se quedó atorada. No se movía.

Oyeron gemir desde el fondo del armario. Rebekah sacó una linterna y alumbró en el armario.

Ella la hizo iluminar la sombra del hombre en el fondo del armario.

"¿Quién eres y qué has hecho con la sustancia viscosa de Max?" Rebekah preguntó mientras movía linterna justo sobre la cara del hombre.

"¡Oye, deja eso!" gruñó y empujó la linterna. "Eso lastima mis ojos".

"Ves, te dije que es un vampiro come baba", susurró Mouse a la oreja de Rebekah.

"¡Yo no soy un vampiro!" dijo el hombre y negó con la cabeza. Se abrió paso fuera del armario.

"Ustedes chicos están portándose mal. Le diré al director".

"Espera un minuto, ¿qué tipo de criminal le habla al director?" Rebekah preguntó con el ceño fruncido.

"No soy un criminal, soy el conserje", dijo el hombre con el ceño fruncido. "Mi nombre es Sr. Potter y es mi primer día. Qué primer día", añadió con voz ronca. "Primero se pega esa sustancia viscosa en mis zapatos; luego, tengo que limpiar todas las mesas en el aula de inglés porque alguien roció serpentina en aerosol, y ahora soy empujado dentro de un armario por un par de niños", negó con la cabeza.

"Oh", los ojos de Rebekah se agrandaron cuando se dio cuenta del error que habían cometido.

"Lo siento por haberlo empujado al armario", dijo Rebekah con una sonrisa tímida.

"¿Por qué lo hiciste?" el Sr. Potter preguntó con una mirada. "¿Es porque a ustedes los niños les gusta meterse con los conserjes?"

"¡De ninguna manera!" Mouse negó con la cabeza.

"No es eso en lo absoluto", Rebekah frunció el ceño. "Alguien robó el proyecto de ciencias de nuestro amigo Max y pensamos que había sido usted. Pensamos que podría ser un espía de alguna agencia secreta", explicó con calma.

"En realidad, pensé que eras vampiro come baba", Mouse señaló.

"Qué imaginación tienen, niños", el Sr. Potter negó con la cabeza. "Yo no robé ningún proyecto de ciencias. No soy un espía para una agencia científica, ¡y no soy ningún tipo de vampiro!"

"Lo siento, pero tenía algo de la baba de Max en su zapato", Rebekah señaló el zapato del hombre.

"Oh, ¿eso?" el Sr. Potter negó con la cabeza. "Mira, yo quería dar una buena impresión. Estaba caminando por el pasillo esta mañana, y casi me resbalé con un charco de esta materia verde", suspiró. "Así que lo limpié, pero unos segundos después, ¡había un nuevo charco! Fue entonces cuando me di cuenta de que se fugaba de la parte inferior de uno de los casilleros. Así que lo abrí y limpié", explicó. "También había un poco de vidrio en el fondo del casillero, limpié eso también".

"Oh", los ojos de Rebekah se agrandaron. "¡Eso fue lo que pasó!"

Capítulo 10

Justo cuando estaba a punto de decirle a Mouse sus sospechas, la campana sonó.

"Vayan a clase, niños, para que no se metan en problemas", dijo el Sr. Potter con un grave ceño.

"Mantengamos este pequeño percance entre nosotros".

"Gracias", dijo Rebekah con alivio. ¡Ella no quería tener que lidiar con una visita al director cuando por fin había descubierto el misterio! Despidió a Mouse, quien corrió a su clase, mientras ella se dirigía a la clase del Sr. Woods. Cuando entró, Max estaba de pie frente al escritorio Sr. Woods con el ceño fruncido.

"No tengo un proyecto que entregar", dijo Max con tristeza.

"Bueno, para ser honesto, Max, estoy muy decepcionado", dijo el Sr. Woods con un movimiento de cabeza. "De todos los niños de esta clase, esperaba que tú al menos entregaras la asignación".

"Lo intenté, Sr. Woods, ¡pero alguien la robó!" dijo Max y miró a Bethany por encima del hombro.

Bethany bajó la mirada y frunció el ceño. Acercó más la gran bolsa de basura a su lado a su escritorio.

"No, Max, ¡nadie lo robó!" dijo Rebekah mientras caminaba desde detrás de Max. Ella estaba sin aliento por prácticamente correr a clase.

"¿Qué?" Max preguntó con sorpresa.

"Tu baba verde, ¿estaba en un recipiente de vidrio?" preguntó ella.

"Sí, un vaso de vidrio que traje de casa", Max asintió.

"Bueno, creo que de alguna manera el cristal debe haberse roto, y toda la sustancia verde se filtraba del fondo de tu casillero. El Sr. Potter, el nuevo conserje, lo vio y lo limpió todo. ¡Es por eso que pensaste que fue robado!"

"Oh", dijo Max suavemente. "Estaba experimentando con la combinación diferentes productos químicos para hacer una súper baba, tal vez causaron que la sustancia viscosa se expandiera tanto que rompió el cristal".

"Esa habría sido una interesante súper baba", dijo el Sr. Woods con una sonrisa. "Muy bien,

Max, es claro para mí que hiciste la tarea, así que te daré crédito por ella", el Sr. Woods sonrió.

"Gracias", dijo Max con tristeza. Luego se dio la vuelta y caminó hacia Bethany. "Siento haberte acusado, Bethany".

"Está bien", dijo Bethany. "Yo siento haber actuado tan celosa. La súper baba suena como que hubiera sido bastante genial".

"Gracias", dijo Max, "aunque supongo que tengo que trabajar un poco más en ello".

"Tal vez deberías utilizar plástico en lugar de vidrio", Bethany sugirió. "Como una bolsa de plástico, de esa manera puede ampliarse por si la sustancia viscosa se expande".

"¡Qué gran idea!" Max sonrió. "¿Quieres venir después de la escuela y probarlo?"

"¡Me encantaría!" dijo Bethany alegremente. "¿Quieres ver mi proyecto?", preguntó con una sonrisa.

"Sí, por favor", Max asintió.

Capítulo 11

Bethany llevó la bolsa hasta el escritorio del frente. La abrió y colocó los objetos sobre la mesa.

"¿Recuerdas cuando alguien mencionó un ventilador en la clase?", dijo. "Me dio una idea.

Quería crear un proyecto acerca del impacto de las diferentes velocidades de viento sobre objetos estacionarios", explicó. "Así que he creado esto".

Cuando lo juntó todo, era un modelo de árboles, pequeñas montañas y charcos de agua. "Pensé que si podíamos averiguar la velocidad perfecta para mover cada uno, podríamos ser capaces de encontrar la manera de protegerlos de daños si hay mal tiempo".

"¡Una gran idea!" el Sr. Woods aplaudió ruidosamente. "Guau, Bethany, apuesto que al meteorólogo de la estación local de noticias le encantaría ver este proyecto. ¿Te importa si le digo al respecto?"

"No, en absoluto", Bethany se sonrojó tímidamente.

"Eso realmente es un gran proyecto", dijo Max mientras lo estudiaba de cerca. "Puedes ser capaz de hacer un descubrimiento muy importante gracias a esto, Bethany. Estoy muy impresionado".

"¿Tú?" Bethany preguntó con sorpresa. "¿En serio?"

"Sí, realmente", Max rio. "¡Es mucho mejor que una súper baba verde!"

"La baba verde sería mucho más divertida", Bethany señaló.

"La pregunta importante es qué sucede cuando combinas una determinada velocidad del viento con un poco de súper baba verde", Rebekah preguntó desde detrás de ellos.

"¡Oh, no!" Bethany se rio de la idea.

"Seguro tendrías una situación pegajosa", Max bromeó, haciendo que los tres se rieran.

"Bien, chicos, tenemos que empezar con la clase", dijo el Sr. Woods mientras les señalaba sus asientos con la mano. Rebekah caminó lentamente hacia su escritorio. No tenía ganas de compartir su proyecto con la clase.

Rebekah estaba caminando cuando el Sr. Woods la llamó. "¿Dónde está tu proyecto, Rebekah?", preguntó. Ella suspiró y cogió su mochila.

Rebekah sacó de su bolso el clavel que había coloreado con colorante alimenticio.

"No es muy creativo, lo sé", dijo con el ceño fruncido mientras se lo ponía sobre la mesa al Sr. Woods.

"Sabes, Rebekah, creo que tu proyecto es el más creativo de todos", dijo el Sr. Woods con una sonrisa.

"¿Una flor?" Rebekah preguntó con sorpresa.

"No, no la flor, aunque eso es divertido", el Sr. Woods sonrió. "Estoy hablando de tu resolución del misterio", el Sr. Woods se rio. "¿Cómo te diste cuenta?", preguntó.

"Bueno", Rebekah frunció el ceño. "Olí limón y sentí la baba y sabía que no hay tal cosa como un vampiro que come baba verde", se encogió de hombros. El Sr. Woods levantó las cejas.

"Está bien", dijo con un ligero movimiento de cabeza. "Bueno, eso es lo que quiero decir.

Utilizaste una gran cantidad de técnicas científicas para averiguar exactamente lo que pasó con el proyecto de Max. Sin tus sentidos, no habrías sido capaz de descifrarlo.

¡Buen trabajo! Nadie más ha demostrado cómo se utiliza la ciencia para resolver misterios, ¡así que yo diría que tu proyecto era muy creativo después de todo! ¿No crees?", se preguntó.

218

"Supongo que sí", Rebekah sonrió con orgullo. Ella siempre supo que la ciencia era solo otro tipo de misterio, y estaba decidida a resolverlo. Solo se aseguraría de no estar cerca cuando.

Bethany y Max hicieran su experimento de viento y baba verde. Ese era un misterio que ella no tenía ningún deseo de resolver.

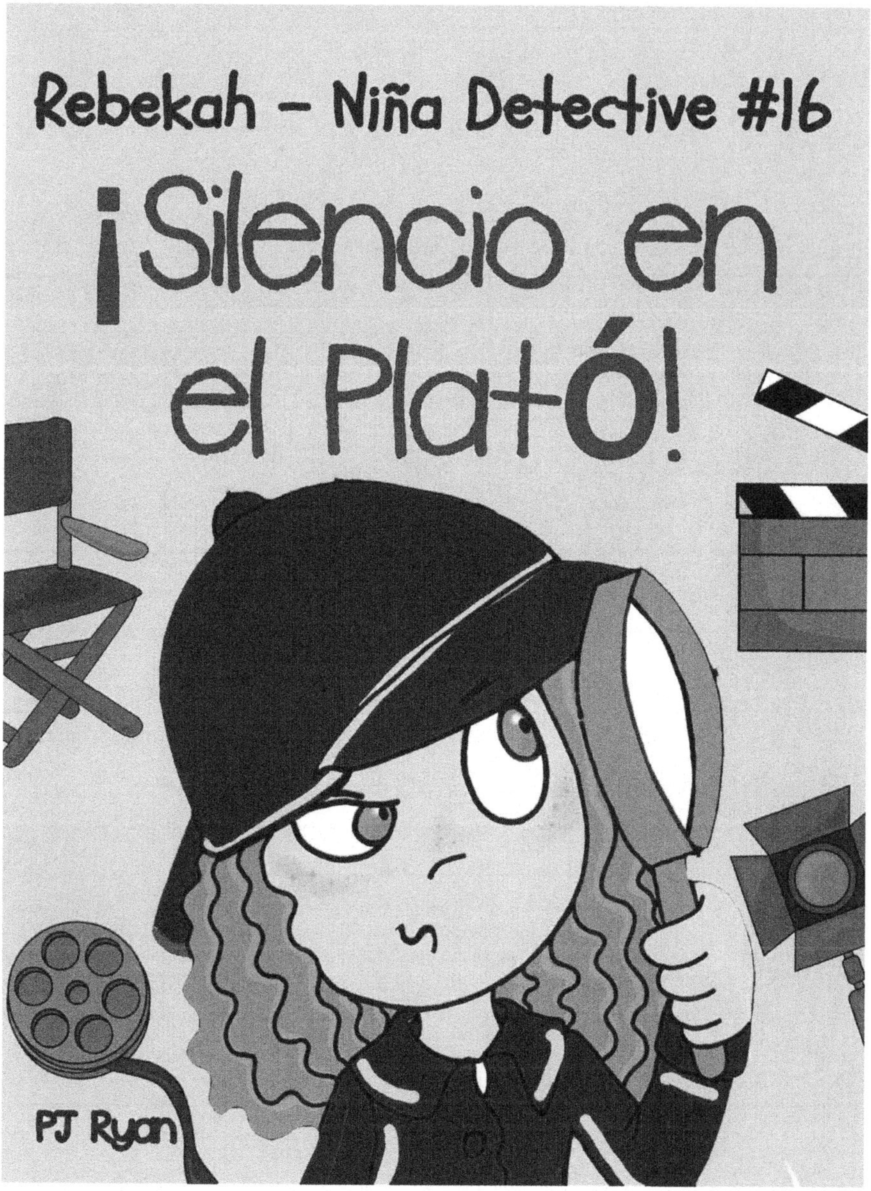
Rebekah - Niña Detective #16
¡Silencio en el Plató!
PJ Ryan

Rebekah - Niña Detective #16

¡Silencio en el Plató!

Capítulo 1

Rebekah hojeó las páginas de la revista sobre su cama. Estaba buscando fotos de una persona en particular. Danny Dakota.

Danny Dakota era una gran estrella, al menos para Rebekah lo era. Él interpretaba a un detective en la exitosa serie de televisión "Justicia para Niños", y ella pensaba que era el mejor actor del mundo.

Danny era solo un año mayor que ella, y le sorprendía que pudiera estar en la televisión. No solo estaba en la televisión, sino que también iba a protagonizar una película sobre su programa de televisión. No podía esperar a que saliera la película para ir a verla en el cine.

Cuando su teléfono comenzó a sonar, Rebekah no quería contestar. Quería leer un artículo sobre la película de Danny. Finalmente respondió al quinto sonido.

"¿Hola?" dijo ella.

"Hola, Rebekah, es RJ", dijo su primo RJ en el teléfono.

"¿Qué pasa, RJ?" Rebekah preguntó con una sonrisa. Siempre le gustaba saber de su primo mayor. Él le había enseñado todo lo que sabía acerca de ser un detective.
Mientras Rebekah vivía en un pequeño pueblo, él vivía en la gran ciudad y pasaban un gran momento hablando de misterios.

"Bueno, escuché este rumor", dijo RJ. Rebekah podía escuchar la emoción en su voz.

"¿Rumor acerca de qué?" preguntó ella mientras se sentaba y apretaba el teléfono cerca de su oído.

"Acerca de Danny Dakota y su nueva película", respondió RJ. "Sé cuánto te gusta el espectáculo, y Danny, así que pensé que debería decirte lo que escuché".

"¿Qué? ¿Qué escuchaste?" Rebekah preguntó ansiosamente. Ella sostenía el teléfono con tanta fuerza que sus dedos se entumecían.

"Hensely dijo que vio a algunos camarógrafos fuera del apartamento hoy mientras yo estaba en la escuela. Los camarógrafos estaban buscando un buen lugar para filmar una de las escenas de la película. ¡Así que Hensely sugirió que utilizaran el vestíbulo!" RJ dijo emocionado.

"¿El lobby del edificio de tu apartamento?" Rebekah preguntó con un jadeo. Los padres de RJ eran los gerentes de los apartamentos donde vivían.

"¡Sí!" RJ rio. "Creo que estarán filmando aquí este fin de semana. ¿Crees que tus padres te dejen venir a visitar?"

"¡Preguntaré ahora mismo!" Rebekah chilló y colgó el teléfono. Salió corriendo a la sala donde sus padres estaban viendo un programa de televisión. "¿Puedo ir a la casa de RJ este fin de semana?" preguntó esperanzada.

"Claro, si quieres", su madre asintió. "Siempre y cuando tus tareas estén listas", añadió.

"¡Lo estarán!" Rebekah prometió. Estaba tan emocionada que volvió a llamar a RJ de inmediato para hacerle saber que estaría allí. Ella sabía que podía no llegar a ver a Danny Dakota, él podría incluso no estar en la escena, pero aún sería sorprendente ver parte de la película que se filmaba.

Capítulo 2

Por supuesto, sin importar lo que Rebekah hiciera, no podía dejar de lado a su mejor amigo, Mouse. Ella lo llamó de inmediato para ver si también podía ir con ella a visitar a RJ.

La madre de Mouse estuvo de acuerdo con que pasaran la noche del sábado, pero el domingo tenían que volver temprano a casa porque era una noche de escuela.
Rebekah estaba muy emocionada cuando su madre los llevo en auto al apartamento de RJ. Él estaba esperándolos con una amplia sonrisa.

"¿Sabes una cosa?", dijo en cuanto se bajaron del coche.

"¿Qué?" Rebekah preguntó después de despedir a su madre con un abrazo.

"¡Realmente estarán aquí!", dijo RJ. "¡A primera hora de la mañana!"

"¡Oh, guau!" Rebekah dio unas palmadas. Mouse torció los ojos un poco. "Oh, ¿sabes qué tenemos que hacer?" Rebekah preguntó con una gran sonrisa.

"¿Qué?", preguntaron tanto RJ como MOuse.

"¡Maratón de Danny Dakota!", ella chilló y corrió hacia el apartamento.

"Oh, no", Mouse gimió.

"¿Qué es exactamente un maratón de Danny Dakota?" preguntó RJ con una ceja levantada.

"Es cuando Rebekah busca todos los episodios en la computadora y los ve. Los ve todos", Mouse bajó la cabeza ligeramente. "Vamos a necesitar refrigerios".

"Así es", RJ rio y negó con la cabeza. "Me gusta el programa de Danny Dakota, pero no tanto".

"No te preocupes, traje a mi ratón mascota Hollywood. Le podemos enseñar algunos trucos", dijo Mouse mientras le mostraba a RJ el ratón en su bolsillo.

"Oh, qué bien, pero no dejes que mi papá lo vea", RJ advirtió. "No es muy fanático de tener ratones en el edificio".

"No lo haré", Mouse prometió.

Capítulo 3

Esa noche, mientras que RJ y Mouse enseñaban a Hollywood a correr a través de un laberinto hecho de libros y zapatos para conseguir un poco de queso, Rebekah vio al menos diez episodios de Danny Dakota en la computadora.

A pesar de que ya sabía lo que pasaba en el episodio, ella todavía se impresionaba cuando Danny Dakota resolvía el misterio.

RJ y Mouse se durmieron mucho antes que Rebekah. Cuando finalmente apagó el computador, en lo único que podía pensar era Danny Dakota y todos los misterios que resolvía.

A la mañana siguiente, estaba tan emocionada que despertó a RJ y a Mouse temprano.

Se encontraron con Hensely en el vestíbulo. Él señaló todo el equipo que los miembros del personal estaban trayendo. A pesar de que se levantaron temprano, el vestíbulo ya se había llenado de accesorios y decoraciones.

Rebekah admiraba las grandes cámaras que fueron colocadas en posición para rodar la escena. El vestíbulo del edificio de RJ se transformó por completo de un vestíbulo a lo que parecía una mansión muy oscura y aterradora. Esto emocionaba a Rebekah por la futura película.

"¿Lo ves, Mouse?", le susurró a su amigo, quien estaba tratando de mantener a su ratón mascota en el bolsillo.

"Todavía no", respondió con una sonrisa. Mouse sabía cuánto le gustaba Danny Dakota a Rebekah. Mouse realmente no disfrutaba del programa, le gustaban más las comedias, pero él siempre lo veía con Rebekah si ella quería. También pensaba que Danny era un buen actor, pero se preguntaba cómo sería ser un niño y tener que actuar como alguien más todo el día.

"¡Mira!" Rebekah señaló con emoción. "Es Dylan Banner, interpreta al tío y archienemigo de Danny Dakota en la película", suspiró mientras miraba a Dylan Banner pasar por el vestíbulo. Ella no era tan fanática de él, pero si él estaba allí, tal vez Danny Dakota estaría también.

"Aquí, chicos", dijo RJ mientras les llevaba dos botellas de agua. "No podemos ir arriba por un tiempo, por lo que el personal está entregando agua. ¿Ya lo vieron?" preguntó a Rebekah con una sonrisa.

"No, tal vez no estará aquí", Rebekah se encogió de hombros. "¡Pero igual esto es increíble!"

"Es bastante bueno", RJ admitió. Él señaló a un hombre con un sombrero marrón grande y un pañuelo rojo atado al cuello. "Ese es el director", dijo. "Él dice cuándo empezarán a filmar".

"¡Oh, amigo!" Rebekah tomó un sorbo de agua. "No puedo esperar a ver esto en el cine y saber que yo estaba aquí cuando la filmaron".

"Bueno, es emocionante, pero a veces las escenas no aparecen en la película", RJ advirtió. "Sin embargo, ¡sería genial si esto lo hace!"

Capítulo 4

"¡Silencio en el plató!" un hombre muy alto y muy delgado gritó desde la esquina opuesta del vestíbulo. Rebekah, Mouse y RJ hicieron su mejor esfuerzo para quedarse muy callados.

"¡Acción!" gritó el director. Dylan Banner comenzó a caminar de atrás adelante. Fue increíble para Rebekah cómo pasó de ser solo un hombre caminando, a tener un aspecto malvado, como si estuviera a punto de hacer algo terrible.

"Él nunca me detendrá", Dylan Banner rio oscuramente cuando se detuvo en el centro del vestíbulo. "De una vez por todas, he derrotado a Danny Dakota".

"¡Piénsalo de nuevo, tío!" una voz gritó desde el otro lado del vestíbulo. Cuando Rebekah alzó la vista, vio que una escalera y una plataforma habían sido llevadas a la sala. De pie en la parte superior de la misma, con una cuerda en la mano, no era otro que Danny Dakota. La boca de Rebekah se abrió. La mano de Mouse le tapó la boca antes de que pudiera dejar escapar un chillido.

"Shh" RJ le recordó en un susurro. Rebekah asintió rápidamente y tomó aire. Danny saltó de la plataforma y se balanceó hacia el vestíbulo. Aterrizó justo encima de los hombros de Dylan Banner.

"Nunca ganarás", gruñó y cubrió los ojos de su tío.

"¡Ah!" Dylan gritó y tiró de las manos de Danny. Vagó por la sala como si no pudiera mantener el equilibrio. Rebekah estaba preocupada de que Danny pudiera salir lastimado. Entonces vio todos los cojines que habían puesto en el suelo para protegerlo en caso de que cayera.

"Mira eso", Mouse susurró al ver que uno de los cojines se inflaba. Estaba inclinado hacia abajo para ver más de cerca cuando Hollywood se deslizó fuera de su bolsillo.

"Oh no", Rebekah se quedó sin aliento cuando vio al ratón escapar.

"¡Shh!" un miembro del personal de la película siseó.

"¡Cu-cu, tío!" Danny gritó y levantó sus manos de los ojos de su tío. Rebekah no tenía idea de lo que se supone sucedía en la película, pero estaba segura de que lo que sucedió no tenía nada que ver con la película.

Capítulo 5

"¡Ratón!" Dylan Banner chilló. "¡Hay un ratón!" él empezó a correr en círculos con Danny todavía sobre sus hombros.

"¡Corten!" el director gritó. Rebekah se dio una palmada en la frente y cerró los ojos por un momento. Mouse estaba tratando de colarse en el plató para coger a Hollywood antes de que alguien con una escoba lo hiciera. RJ hizo una mueca.

"Oh, a papá no le va a gustar esto", murmuró en voz baja.

Dylan perdió el equilibrio con Danny todavía sobre sus hombros y se cayó sobre uno de los cojines. La gente corría en todas direcciones, algunos del ratón y otros hacia el ratón.

Había caos en el vestíbulo y algunas utilerías incluso cayeron. Mouse finalmente recuperó a Hollywood y se escondió detrás de Rebekah y RJ esperando que nadie se diera cuenta de que fue su ratón el que causó la conmoción.

"¡Mantenlo en tu bolsillo!" RJ dijo con los dientes apretados. "Si papá se entera de esto, se molestará. ¡No va a querer que piensen que tenemos un problema de ratones en nuestro edificio!"

"Incluso si lo tienen", dijo Rebekah con una mirada sarcástica dirigida a Mouse.

"Lo siento", Mouse chilló. Una vez que todos se calmaron, el personal intentó arreglar el vestíbulo para que se viera como una espeluznante mansión de nuevo. Entonces alguien gritó.

"¿Dónde está Danny?"

Todo el mundo se calló mientras miraban alrededor de la habitación.

"¿Danny? ¿Danny Dakota?" el director gritó. Algunos de los empleados comenzaron a pasear por el vestíbulo.

"¿Dónde está?" Dylan exigió. "¡Tenemos un horario que cumplir!"

Después de unos minutos de buscar, Dylan suspiró. "Bueno, lo hizo otra vez, ¿no es así?" preguntó con el ceño fruncido. "También lo hizo la semana pasada.

¡Estábamos firmando autógrafos y él simplemente desapareció para poder ir a una heladería!"

"No te preocupes", dijo uno de los miembros del personal. "Nosotros lo encontraremos".

"Esto es ridículo", dijo Dylan con una rabieta.

"Eso es lo que sucede cuando trabajas con niños", el director se encogió de hombros. "Todos tómense cinco".

Rebekah, RJ y Mouse se agruparon. "¿A dónde creen que fue?" preguntó Rebekah.

"Bueno, Dylan Banner dijo que una vez se escapó a una heladería. Deberíamos ir a buscarlo", RJ sugirió.

"¡Buena idea!" Rebekah y Mouse estuvieron de acuerdo. Dejaron el vestíbulo del edificio y comenzaron a caminar por la cuadra de arriba abajo. Habían algunas tiendas pequeñas, como la pizzeria, la tienda de la esquina y una pequeña tienda que también tenía helado. Rebekah, RJ y Mouse pasaron todo el día buscando.

"¡Oh, no, mamá estará aquí pronto!", Rebekah frunció el ceño mientras miraba su reloj.

"No te preocupes, estoy seguro de que lo van a encontrar", dijo RJ.

"Espero que Hollywood no lo haya asustado", Mouse murmuró mientras palmeaba la parte superior de la cabeza de Hollywood.

Capítulo 6

Cuando la madre de Rebekah se detuvo delante del edificio, los niños apenas iban regresando.

"Qué emocionante", dijo la madre de Rebekah cuando vio todas las cámaras y camiones. "¿Llegaste a conocer a Danny Dakota?" preguntó.

"No", dijo Rebekah con el ceño fruncido. "Él desapareció antes de que pudiera hacerlo".

"Bueno, ve a tomar tus cosas y dile adiós a RJ", dijo su madre. "La madre de Mouse está esperando por él. Es noche de escuela y ustedes tres tienen que ir a la cama".

La madre de Rebekah salió de la van por un momento para saludar a los padres de RJ. No creía que necesitara cerrarla porque estaba cerca. Una vez que Rebekah y
Mouse tenían todas sus cosas y se habían despedido de RJ, se apresuraron a la van. Clamaban en el asiento del medio, sin dejar de hablar sobre el día.

"Mamá, deberías haberlo visto", dijo Rebekah con un suspiro. "¡Danny Dakota se balanceó por el vestíbulo! ¡Él hace sus propias acrobacias! ¿No es genial?"

"Yo no lo llamaría exactamente una acrobacia", Mouse señaló con el ceño fruncido.

"Bueno, lo que tú hiciste sí que fue una acrobacia", Rebekah le susurró.

Mouse frunció el ceño y empujó a Hollywood en su bolsillo. "Solo espero que no fuera la razón por la que Danny se fue".

"¿Es cierto que Danny Dakota está perdido?" preguntó la madre de Rebekah.

"Lo es", Mouse asintió. "Pero ha desaparecido antes".

"Estoy segura de que estará bien", dijo la madre de Rebekah. "Pobre niño, probablemente solo necesitaba un descanso".

Capítulo 7

Esa noche, despúes que de que dejaron a Mouse en su casa, Rebeckah se apresuró a entrar en la casa. Ella quería usar la computadora para comprobar si ya habían encontrado a Danny.

Tenía tanta prisa que dejó su bolso en la van. Cuando fue a desempacar, se dio cuenta de que todavía estaba allá.

"Mamá, solo voy a buscar mi bolso", gritó mientras salía por la puerta principal. Cuando se acercó a la camioneta se dio cuenta que no tenía las llaves. Intentó abrir la puerta por si acaso y se sorprendió al encontrarla abierta.

Ella siempre cerraba las puertas y su madre siempre revisaba. No solo estaba sin llave, sino que también estaba un poco abierta, como si alguien no supiera que había que darle un portazo para que cerrara.

"Extraño", Rebekah murmuró. Pero ella había estado tan emocionada por Danny Dakota que supuso que debió simplemente olvidar cerrarla correctamente. Agarró su bolso y cerró la puerta.

Luego corrió hacia la casa. ¡No podía esperar a llegar a la escuela al día siguiente y decirle a su amiga Amanda que había visto a Danny Dakota en persona!

Capítulo 8

Rebekah esperaba junto a su casillero el día siguiente. Sabía que Amanda querría oír todo sobre Danny Dakota. A Rebekah solo le hubiera gustado tener más que contar. Solo lo había visto por algunos minutos.

En las noticias de esta mañana, dijeron que todavía estaba perdido, pero nadie estaba demasiado preocupado porque tenía una reputación de desaparecer. Eso entristeció un poco a Rebekah. Pensó que heriría sus sentimientos si ella desaparecía y nadie se preocupaba.

"¿Lo viste? ¿Lo viste?" Amanda preguntó mientras se apresuraba hasta el casillero de Rebekah.

"Lo vi", dijo Rebekah con orgullo. "Digo, no llegué a conocerlo, ¡pero yo estaba en el mismo vestíbulo que él!" ella se rio.

"Qué increíble", Amanda suspiró soñando. "¡Tengo tal enamoramiento con él!", dijo efusiva.

"¿Enamoramiento?" Rebekah arrugó la nariz. "¡EW!"

"Oh, detente, ¡te gusta tanto como a mí!" Amanda torció los ojos.

"Para nada", Rebekah negó firmemente con la cabeza. "Respeto su trabajo como detective. ¡Eso es todo!"

"Sí sabes que él solo es un actor, ¿verdad, Rebekah?" Amanda se echó a reír.

"Bueno, apuesto que también le gusta resolver misterios reales", dijo Rebekah con confianza. Ella sabía una cosa o dos acerca de resolver misterios y estaba segura de que Danny lo sabía también. Mientras caminaban a clase, Rebekah le dijo a Amanda acerca del escape de Hollywood y la desaparición de Danny.

"Espero que esté bien", Amanda frunció el ceño.

"Yo también", Rebekah asintió y abrió la puerta a su salón de clases. Cuando entraron, la mayoría de los otros niños ya estaba sentada en sus pupitres.

Un niño estaba sentado en la última fila con la capucha de su sudadera completamente sobre su cabeza. Rebekah solo se dio cuenta porque él estaba golpeando sus uñas nerviosamente contra el escritorio. No estaba segura de quién era, lo cual era extraño, porque conocía a todos los niños de su clase.

Durante la clase, esperaba que la maestra presentara al nuevo estudiante, pero nunca lo hizo. Ella ni siquiera pareció fijarse en él al fondo de la clase. A Rebekah le pareció muy sospechoso.

Capítulo 9

Cuando la clase terminó, Rebekah esperó hasta que todos los otros niños hubieran salido de la habitación. El muchacho seguía sentado en su escritorio, como si estuviera esperando a que se marchara. Rebekah jugueteó con su mochila.

Finalmente, el muchacho se levantó y salió de la clase. Rebekah esperó unos momentos y luego lo siguió.

Como sospechaba, él se dirigió a su próxima clase. Del mismo modo que antes, tomó el escritorio del fondo. Una vez más, su profesor no parecía notarlo y no lo presentaba.

Rebekah levantó la mano.

"¿Sí, Rebekah?", el Sr. Woods, su maestro de ciencias, preguntó.

"Sr. Woods, no va a…" ella miró al muchacho. Él se llevó un dedo a los labios. Rebekah no estaba segura de qué hacer. Quería saber quién era, pero realmente no quería meterlo en problemas. "… asignarnos nuestra tarea?", preguntó Rebekah.

"Oh, sí, gracias por recordármelo", el Sr. Woods se rio. "Casi se me olvidaba, ¡eso no puede pasar!" Todos los otros niños en la clase fulminaron a Rebekah con la mirada por asegurarse de que tuvieran tarea.

Rebekah estaba mirando al niño en el fondo de la clase. Cuando sonó la campana, Rebekah se quedó atrás, pero esta vez el muchacho fue uno de los primeros en salir del salón. Ella lo siguió, pero para el momento en que llegó al pasillo, él se había ido.

"Qué extraño", susurró para sí misma. Estaba decidida a averiguar quién era el muchacho. Vio a Mouse en su casillero.

"Mouse, hay un chico nuevo en mis clases y no puedo averiguar quién es", dijo Rebekah con el ceño fruncido mientras caminaba a su lado.

"Bueno, ¿has preguntado su nombre?" Mouse preguntó mientras apilaba sus libros.

"Uh, no", Rebekah se rio un poco. Ni siquiera había pensado en solo presentarse.

"Bueno, eso es, por lo general, una buena manera de conocer a alguien", Mouse le guiñó un ojo. "Debo darme prisa", dijo mientras se despedía con su mano por encima del hombro.

Capítulo 10

La siguiente clase de Rebekah era gimnasia. Ella se puso su ropa de gimnasia y luego se unió a su amigo Jaden para jugar un poco de baloncesto antes de que empezara la clase. Mientras ella estaba disparando la pelota en el aro, se dio cuenta de que alguien la miraba desde las gradas.

Cuando levantó la vista, vio al chico con la capucha sobre su cabeza. Estaba tan distraída que cuando Jaden le pasó el balón, este rebotó justo a un lado de su cabeza.

"¡Ay!" ella gritó y perdió el equilibrio. Cayó fuertemente sobre el piso del gimnasio.

"¡Lo siento mucho!", escuchó decir a Jaden. Pero cuando abrió los ojos, estaba mirando directamente a Danny Dakota.

"¿Estás bien?", le preguntó con el ceño fruncido.

"Estoy bien", respondió ella. Echó un vistazo a Jaden para ver si también veía a Danny Dakota, pero cuando miró de vuelta, Danny se había ido. Ella parpadeó y se sentó, frotándose la cabeza.

"Rebekah, yo no quería hacerlo, de verdad", dijo Jaden y se agachó a su lado.

"¿Lo viste?" Rebekah preguntó mirando por todo el gimnasio.

"¿Ver a quién?" Jaden se preguntó.

"A Danny Dakota", Rebekah respondió.

"¿El actor?" Jaden sacudió la cabeza. "Tal vez necesitas ver a la enfermera, Rebekah".

"Tal vez", suspiró.

Capítulo 11

Por el resto del día escolar, Rebekah buscó a Danny Dakota. No vio al chico de la sudadera con capucha en absoluto. Ella incluso le pidió a Mouse que lo buscara también.

"Estoy segura de que era Danny Dakota, Mouse", ella le dijo en el almuerzo.

"Y acababas de haber sido golpeada en la cabeza con una pelota de baloncesto", Mouse le recordó con el ceño fruncido.

"Lo sé, lo sé", Rebekah suspiró. "Pero lo miré directamente a él. ¡Me preguntó si estaba bien!"

"¿Por qué Danny Dakota vendría aquí?" preguntó Mouse con un movimiento de cabeza.

"No lo sé, pero piénsalo", Rebekah insistió. "Desapareció después de que Hollywood escapó. Mamá salió de la van mientras hablaba con los padres de RJ.

Entonces, esa noche, después de llegar a casa, ¡volví a salir para buscar mi bolso y la puerta de la camioneta estaba abierta!"

"Eso es extraño", dijo Mouse. "Pero aún así, si fueras una estrella de Hollywood y quisieras huir, ¿sería a la escuela?", preguntó con una sonrisa.

"Probablemente no", Rebekah admitió. "Parece extraño, pero sé lo que vi", dijo con firmeza.

"Bueno, te ayudaré a buscar", dijo Mouse. "Pero no te ilusiones demasiado, Rebekah, las grandes estrellas como Danny Dakota no desaparecen para poder ir a la escuela".

A pesar de que Mouse y Rebekah buscaban a Danny por todas partes, no lo podían encontrar. Rebekah no vio al chico con capucha en ninguna de sus otras clases.

Se sentía un poco triste camino a casa, pero cuanto más pensaba en ello, más segura estaba de que había visto a Danny. ¡La había mirado directamente a ella después de todo!

Ella sabía que necesitaba la ayuda de otro detective, así que cuando llegó a casa, llamó a su primo RJ.

"RJ", dijo Rebekah cuando él contestó el teléfono. "¡Danny Dakota está aquí! Está en nuestro pueblo".

"¿Qué?" RJ preguntó con sorpresa. "¿Estás segura de eso?"

"Sí, estoy segura, lo vi en la escuela hoy", dijo Rebekah rápidamente.

"¿En la escuela? ¿Por qué estaría Danny Dakota en la escuela?", preguntó.

"No lo sé, pero ahí es donde lo vi", Rebekah respondió con certeza.

"¿Sabes dónde está ahora?" RJ preguntó con curiosidad. "Todo el mundo todavía está buscándolo. Si sabes dónde está, probablemente deberías decirle a alguien".

"No lo sé", Rebekah frunció el ceño. "Lo perdí después de que me golpeó una pelota de baloncesto".

"¿Fuiste golpeada con una pelota de baloncesto?" RJ preguntó con sorpresa. "Rebekah, ¿realmente lo viste o solo crees que lo viste?" preguntó RJ. "Después de todos esos episodios que has visto, probablemente está atrapado en tu cerebro".

"Realmente lo vi", Rebekah insistió. "Tienes que creerme, RJ, no estoy inventando esto".

"Te creo, Rebekah", RJ sabía que su prima más joven era una de los mejores detectives que hay. "Bueno, ¿qué piensas esté haciendo allí?" RJ preguntó con confusión. "¿Tal vez tiene amnesia y no recuerda quién es?"

"Tal vez", Rebekah suspiró. "Solo espero que donde quiera que esté, tenga un lugar seguro donde quedarse".

Capítulo 12

A medida que se hacía más tarde, Rebekah se preocupaba más por Danny. Sabía que él no podía permanecer en la escuela durante toda la noche porque había conserjes y guardias de seguridad.

No creía que él tuviera algún lugar donde estar seguro, o incluso alimento para comer. Ella se sentó en la cama y trató de pensar en lo que haría si ella estuviera escondiéndose y no tuviera nadie que la ayudara.

Ella trataría de encontrar un lugar seguro en donde nadie la buscaría. Puesto que los niños son menos propensos a sospechar, ella probablemente se escondería donde hubiera niños en lugar de adultos. Los únicos lugares que se le ocurrió donde habría niños, eran la escuela y el parque.

Entonces, ella probablemente querría estar en algún lugar cerca de comida. Recordó que había una pequeña tienda no muy lejos del parque que vendía todo tipo de aperitivos y helados. Si estuviera escondiéndose, definitivamente se ocultaría cerca del parque. Pero también se necesita un lugar para dormir.

"Mm", dijo pensativa. "Yo no sería capaz de dormir en los columpios y el tobogán sería bastante incómodo. Además, ¿qué pasa si llueve?", se tocó la barbilla por un momento. Entonces, de repente, supo exactamente dónde estaba Danny. Cogió su chaqueta.

"¡Mamá, volveré antes de que oscurezca!", gritó a su madre mientras salía corriendo por la puerta. Corrió todo el camino hasta la casa de Mouse y golpeó a su puerta.

"¿Rebekah?" Mouse preguntó con sorpresa. "¿Por qué estás tocando tan fuerte?"

"Creo que sé dónde está", dijo Rebekah con una amplia sonrisa. "¡Vamos, Mouse, vamos a buscarlo!"

"¿Dónde está?" Mouse preguntó mientras seguía a Rebekah. "¿Estás segura de que sabes dónde está?"

"Estoy segura", dijo Rebekah con confianza. "¡Sígueme!"

Ella llevó a Mouse al parque, que estaba prácticamente porque estaba anocheciendo. Cruzó el campo hacia los árboles.

"Rebekah, ¿a dónde vas?" Mouse preguntó siguiéndola. "No creo que una estrella de la televisión va a esconderse en los árboles".

"Quizás no en los árboles", dijo Rebekah en un susurro mientras se detenía frente a la casa del árbol donde Mouse sostenía las reuniones de su club secreto. "Pero quizás sí en una casa del árbol", señaló a la casa del árbol, donde brillaba una pequeña luz. Los ojos de Mouse se agrandaron.

"¿De verdad crees que está allá arriba?", preguntó.

"Solo hay una manera de averiguarlo", Rebekah respondió y comenzó a subir por la escalera de cuerda a la casa del árbol. Cuando llegó a la cima y se asomó por el borde, vio lo que estaba haciendo la luz. Había una linterna sobre la mesa en el centro de la casa del árbol.

Capítulo 13

"¿Hola?" Rebekah llamó mientras terminaba de subir a la casa del árbol. "¿Hay alguien aquí?"

"¡Vete!" una voz apagada le gritó desde la esquina de la casa del árbol.

Mouse subió detrás de Rebekah.

"Nosotros no nos vamos a ninguna parte", dijo Mouse con firmeza. "Usted está entrando sin permiso".

"¡Váyanse!" la voz gritó de nuevo. Mouse agachó la cabeza y trató de ver la esquina a través de las sombras. Cuando se inclinó, el ratón en su bolsillo salió. Corrió por el piso de la casa del árbol.

"¡Hollywood!" Mouse dijo con el ceño fruncido.

"¡Ah! ¿Qué es eso?" la voz gritó cuando el ratón corrió hacia la esquina. "¿Es eso un ratón? ¿Un verdadero ratón?" la voz exigió.

"Está bien, no te hará daño", Rebekah le prometió recogiendo al pequeño ratón blanco. "Es un buen ratón", añadió mientras le entregaba a Mouse su mascota.

"Ahora, ¿qué estás haciendo aquí solo?" le preguntó al niño acurrucado en el rincón.

"De eso se trata, quiero estar solo", respondió el muchacho. "Por favor, váyanse".

"Lo siento, no puedo hacer eso, Danny", dijo Rebekah con un movimiento de cabeza.

"¿Por qué no?" Danny preguntó en un gruñido.

"Porque no es seguro que duermas en esta casa del árbol", Rebekah insistió. "Incluso si eres Danny Dakota".

"¿Sabes quién soy?" Danny se quedó sin aliento por la sorpresa. "¿Le dijiste a alguien? ¿Algún reportero?"

"Nada de reporteros", Rebekah negó con la cabeza. "Solo a mi primo y mi amigo, Mouse, saben quién eres".

"Oh, bien", Danny suspiró. "Pero supongo que vas a decirlo, ¿no?"

"No le diré a nadie", Rebekah prometió. "Si me dices por qué estás escondiendo de esta manera".

"La verdad es que necesitaba un descanso", dijo Danny. "Yo solo quería ser un chico normal durante unos días".

"Bueno, entonces estás en la casa del árbol equivocada", Mouse rio.

"Lo siento, nunca he tenido la oportunidad de ir a una escuela de verdad", explicó Danny con un movimiento de cabeza. "He estado trabajando en la televisión durante tanto tiempo que a veces me olvido de lo que se siente ser solo un niño", frunció el ceño y los miró.

"Bueno, podemos cambiar eso", dijo Rebekah con una sonrisa. "Pero no puedes dormir en una casa del árbol".

"Puede dormir en mi casa", Mouse ofreció. "Entonces podemos ir todos juntos a la escuela mañana".

"Creo que es una gran idea", Rebekah estuvo de acuerdo. "¿Qué crees tú, Danny?"

Danny sonrió y asintió con la cabeza. "Me parece bien. ¡No puedo esperar por ir a la escuela otra vez!"

Capítulo 14

Al día siguiente en la escuela, Rebekah y Mouse le mostraton a Danny todas las cosas divertidas de estar en la escuela y algunas de las cosas no tan divertidas.
Danny pasó un gran momento conociendo a sus amigos, incluso Amanda, que casi se desmaya cuando lo vio.

Todos ellos se comprometieron a mantener su secreto. Pero al final del día, Danny estaba cansado.

"No sé cómo hacen esto todos los días", se rio mientras miraba la pila de la tarea que le habían dado. "La escuela puede ser muy divertida, pero también es un montón de trabajo".

"Bueno, Danny, si quieres quedarte, podemos ayudarte a hacerlo", ofreció Rebekah con una sonrisa.

"Ha sido genial", Danny admitió. "Pero mis fans están esperando la nueva película".

"¡Sí, lo estamos!", dijo Rebekah felizmente.

"Así que mejor vuelvo al trabajo", suspiró. Sacó su teléfono celular para llamar y que su agente lo viniera a recoger. "Gracias, chicos, por mostrarme lo que se siente ser un niño normal".

"¿Normal?" Mouse levantó una ceja.

Danny se rio. "Esta es una aventura que no olvidaré nunca".

"Solo recuerda", dijo Rebekah mientras lo acompaña fuera de la escuela. "Si decides basar un personaje en tu película o programa de televisión en mí, es Rebekah con 'k' y puedes obviar todo lo de que me golpeó una pelota de baloncesto".

"Dalo por hecho, Rebekah", él sonrió y le estrechó la mano. "Me aseguraré de que todos ustedes tengan pases para el estreno de la película".

"¡Gracias, Danny!" Rebekah lo despidió con la mano mientras subía al coche de su agente. Ella estaba feliz de haberlo conocido y aún más feliz de que supiera exactamente lo que era ser un niño normal. Bueno, un niño normal que también era detective, por supuesto.

Siguientes Pasos

Este libro es parte de una serie de libros para niños,
"Rebekah - Niña Detective".

¡De verdad me encantaría oír de ustedes!

De verdad aprecio sus opiniones y comentarios así que gracias por
adelantado por tomar su tiempo para dejar uno para
"Rebekah – Niña Detective: Libros 9-16".

Puedes unirte a la divertida página de Facebook de Rebekah para
jóvenes detectives aquí:

http://www.facebook.com/RebekahGirlDetective

Sinceramente,
PJ Ryan

Ahora disponible en audio.

Rebekah - Niña Detective ahora disponible en audio. (en Inglés).

Visita el sitio web del autor en:
PJRyanBooks.com

¡Mas versiones de audio muy pronto!

Otros Títulos

Todos los títulos de PJ Ryan se pueden encontrar aquí
http://www.amazon.com/author/pjryan

*¡Visita la pagina del autor para ahorrar en grande en un conjunto de paquetes especiales!

****

Títulos actualmente disponibles en español

"Rebekah - Niña Detective"

#1 El Jardín Misterioso
#2 Invasión Extraterrestre
#3 Magellan Desaparece
#4 Cazando Fantasmas
#5 Los Adultos Van a Atraparnos
#6 Las Gemas Perdidas
#7 Nadando con Tiburones
#8 ¡Magia Desastrosa!

Ahorra MUCHO con el paquete de 8 libros de "Rebekah – Niña Detective: Libros 1-8"

http://www.amazon.com/dp/069220248X

Made in the USA
Monee, IL
18 May 2020